그깟 취미가 절실해서

그깟 취미가
절실해서

퇴근하고 낭만생활

꿈꾸는인생

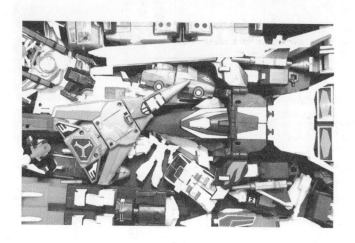

프롤로그: 어른의 '돈쭐'을 보여 주마

대체로 많은 사람들이 어린 시절에 느꼈던 결핍을 어른이 되고 난 뒤에 기다렸단 듯이 해소하곤 한다. 사탕을 한 알씩 아껴 가며 굴려 먹는 대신 종류별로 여러 봉지를 사서는 한곳에 와르르 부어 손에 잡히는 대로 까서 먹어 치운달지, 좋아하는 게임과 웹툰에 눈치 안 보고 캐시를 충전하는 일들.

2022년 초에 편의점 빵 코너를 거덜 냈던 포켓몬빵 신드롬도 그랬다. 초등학생 시절, 부족한 용돈 모아 문방구에서 빵 한두 개 겨우 사 먹으며 스티커를 모았던 사람들은 추억의 스티커와 빵이 그대로 출시됐다는 소식에 시중에 유통되는 빵의 씨를 말려 버렸다. 편의점 서너 군데를 탐방해도 빵을 구매할 수 없게 되자, 더욱 어른스러운 문제 해결 방식을 도입했다. 인터넷에서 포켓몬빵을 박스 단위로 주문해 버리고 스티커만 쏙 뽑아낸 뒤 남은 빵은 '당근'으로 '나눔' 해서 처리해 버리기에 이른다.

이런 영역이라면 나도 남들에게 지지 않을 어른으로 자랐다. 특히 편의점에서 과자를 사 먹을 때 느낀다. 이 봉지 저 봉지를 집었다 내렸다 만지작거리며 뭘 살지 고민하지 않는다. 툭 집어서 바구니에 톡 내려놓는다. 비싼 과자를 살 때도 거침없다.

어렸을 때 '칙촉'을 정말 맛있다고 생각했었지만, 슈퍼에서 살 수 있는 과자 중 양 대비 가장 비싼 축에 속하는 터라 많이 사 먹어 본 기억이 없다. 그런데 지금은 마트에 가면 24개들이×2박스로 파는 걸 집는다. 마트까지 가기 귀찮을 땐 몇백 원 차이 정도 우습게 알고 집 가까운 편의점에 가서 사 온다. 꼭 칙촉이 아니어도 전반적으로 뭔가를 살 때 많이 거침없어졌다. 돈을 되게 잘 번다거나 원체 큰손이라 흥청망청 쓴다기보단, 작은 것엔 더 이상 벌벌대지 않게 됐다는 것에 가깝겠다.

거침없이 결제하는 물품 중엔 로봇 장난감이 있다. 어른이 됐다고 경제적 사정이 늘 자유로울 순 없지만, 적어도 몇만 원 정도인 장난감에선 상당히 자유로울 수 있다. 장난감을 장바구니에 넣고, 결제하고, 도착한 택배를 까는 단계 단계마다 어른 됨의 참된 자유를 깨닫는다. 거듭되는 구매 경험에도 살 때마다 짜릿하게 자각한다. 아 이게 어른이구나. 그래, 나는 이것을 위해 돈을 벌어 온 것이었다.

결핍에 대한 보복 소비로 구매하는 장난감은 대체로 90년대 중후반, 2000년대 초반까지 인기를 끌었던 다간, 선가드, 마이트가인, K캅스, 가오가이가 같은 애니메이션에 나오는 로봇들이다. 만화 속 로봇들은 당시 손오공이라는 업체에서 스탠다드(STD) 혹은 디럭스(DX)라는 등급으로 나왔다. 디럭스 등급은 키가 30cm 정도로 비교적 대형 장난감이었다. 과자 한 봉지에 300원, 최저시급이 1,400원 정도하던 시절에 3~4만 원 정도 했으니까 지금으로 치면 20만 원도 훌쩍 넘을 꽤 고가의 물건이었다.

집에 다른 장난감이 없는 것도 아니고, 우리 집이 부잣집도 아닌데 이렇게 크고 비싼 로봇을 갖고 싶은 만큼 가질 수는 없는 노릇. 그래도 서너 대 정도는 가질 수 있었다. 그 중 하나가 <로봇수사대 K캅스>에 나온 '제이데커'라는 로봇이었다. 제이데커는 경찰차로 변신할 수 있는 로봇 '데커드'와 데커드를 보조하는 '제이로더'라는 트레일러가 합체해서 만들어지는 거대 로봇이었는데, 이 경찰차와 트레일러를 둘째와 각각 나눠 가졌다. 아직 온전한 문장을 입 밖으로 만들어 낼 수 없어 권리를 주장하기 힘들었던 막내는 장난감 분배에 끼지 못했다. 큼지막한 트럭 류의 자동차를 좋아했던 내가 트레일러를 골랐고, 둘째는 자연스레 경찰차를 가져갔다.

그깟 취미가

경찰차는 크기가 작았지만 로봇으로 변신을 할 수 있었고, 트레일러는 크기는 컸지만 변신을 할 수 없었다. 굉장히 합리적인 분배였다. 하지만 이 분배엔 결정적이고도 근본적인 문제가 하나 있었다. 플레이 밸류의 가장 큰 부분이 '합체'인 합체 로봇을 쪼개서 나눠 가지면 어쩌자는 것인가. 각각의 소유권을 강하게 주장하고 싶은 미취학 아동들이었다. 두 대를 합쳐 한 대를 만들면 그건 누가 가지고 놀지? 남은 하나는 자연스레 손가락 빨 수밖에 없는 구조에서 합체는 꽤 드문 일이 됐고, 합체 로봇으로 태어나 우리 집에 온 제이데커는 정작 합체 몇 번 못 해본 채 팔이 부러진 뒤 사라져 버렸다.

제이데커가 내 품을 떠나 25년쯤 흐른 지금, 내가 갖고 있는 장난감은 오롯하게 나의 소유다. 가격이 좀 나간다고 하더라도 '다른 데서 좀 덜 쓰지!' 마음먹고 살 수 있다. 장난감 카페나 커뮤니티를 보면 나 같은 어른들이 박스로 쌓여 있다. 모형 업체나 프라모델 업체들도 이런 사실을 잘 알고 있는지 요새는 2~30년 전에 애니메이션으로 방영된 로봇들을 부쩍 상품화하고 있다. 업체들은 그때의 어린이 팬들이 지금 구매력 있는 어른 팬이 된 걸 노리는 중이다. 이렇게 말하면 약간 호구 같아 보이지만 글쎄, 오히려 좋다. 호구들이 모여 훌륭한 판매량을 선보일 수 있고, 제품 생산을 자극해 그 결과로 내가 좋아했던 로봇을 최대한 많이 모을 수 있다면 호구 되는 게 뭐 대수라고.

어른이 되어서 장난감을 사면 좋은 점이 많다. 우선 독립해서 살고 있으니 장난감을 만들어도 누구 하나 뭐라고 할 사람이 없다. 공부가 의무였던 시절엔 취미 생활을 즐길 때 대체 공부는 언제 하냐고 묻거나(주로 아빠가) 대놓고 묻진 않아도 걱정스런 눈길을 보내는 이가 있었다면(주로 엄마가), 어엿한 사회의 구성원이 되고 나선 밤을 새워서 로봇을 만들어도 누구 하나 뭐라고 하는 사람이 없다.

어디 자유뿐일까, 최신 기술로 만든 장난감들이라 1990년대 후반의 물건보다 훨씬 더 훌륭한 품질을 자랑한다는 것도 큰 장점이다. 어렸을 적 로봇들은 과거의 조악한 제조 기술로 인해 부족한 점이 많다. 변신합체 기믹*도 지나치게 단순하고, 외형에서도 구닥다리스러움이 물씬 풍긴다. 하지만 지금 나오는 로봇들은 플라스틱을 다루는 2020년대의 기술을 적극적으로 활용해 조형과 품질이 훌륭하다. 세기말에 상상했던 것처럼 2020년이 우주개발을 진행하고 복제인간을 만들어 내는 최첨단 미래세계는 못 되었지만, 적어도 장난감 하나는 기가 막히게 뽑아내고 있으니 시간

---

* gimmick, 상품이 소비자의 관심을 끌기 위해 갖는 독특한 전략이나 특징

그깟 취미가

이 흘러가는 게 마냥 덧없지는 않다 싶다. 제조업체들이 상품을 홍보하기 위해 초기 설계 단계의 이미지를 공개하면 커뮤니티에선 깜짝 놀라는 사람이 한 트럭씩 나온다. 과거 애니메이션에서 튀어나온 듯한 조형과 비율도 대단하지만, 과거에는 어림도 없었던 가동성과 변신 및 합체 기믹의 완성도를 보면 입이 쩍 벌어지고 지갑도 쩍 벌어진다.

장난감을 가지고 놀며 대관절 '어른'이란 뭘까? 생각해보곤 한다. 그럴 때마다 예전에 친구가 한 말이 떠오른다. 고등학교 동창인 그는 생일이 나보다 딱 하루가 빨랐는데, 그걸 빌미로 꼬박꼬박 형님이라고 부르라던 녀석이었다. 그 친구와 명절에 안부 카톡을 주고받다가 프로필 사진에 아기 사진이 있길래 축하한다고 말을 건넨 때였다. 친구는 곧바로 고맙다고, 애 있으니까 너무 좋다고 하면서 나한테 "장난감 그만 가지고 놀고 너도 결혼해라ㅋㅋ"라는 답장을 보냈다. 고작 문자임에도 받고 나서 살짝 움찔했던 것 같다. 같은 급식 먹던 사이인데 하나는 장난감을 갖고 놀고, 다른 하나는 장난감을 갖고 놀 수 있는 애가 생겼다는 대조가 극적으로 느껴졌다.

생각하는 건 조금 더 어린 상태에 머무르기로 했지만, 어쨌거나 나는 사회에 당당히 발 딛고 돈을 벌고 있는 '어른'

이다. 굳이 따지면 '어른이'인 셈이다. 아직 덜 자란 사람 같아도, 어른이는 어린이 시절 나에게 결핍을 안겨 줬던 것들에게 '돈쭐'을 내 줄 수 있는 멋진 상태다. 문방구 앞에 드러누워 사지를 버둥거리며 엄마한테 소방차 사 달라고 떼쓰지 않아도 갖고 싶은 건 가질 수 있다. 갖고 싶은 걸 쉬이 가질 수 없는 어린이와는 차원이 다르다.

인터넷에서 많이 쓰는 밈(meme) 중에 캐릭터가 돈을 흔들며 "SHUT UP AND TAKE MY MONEY"(닥치고 내 돈이나 가져가)라고 말하는 이미지가 있다. 더 말 보탤 필요 없고, 됐으니 내 돈이나 가져가서 당장 그 물건 내놓으라니. 이런 짤을 쓸 수 있다는 건 얼마나 멋진 일인지. 독립 생계를 구축한 어른은 정말이지 대단하다. 과자도 맘껏 사고, 장난감도 내키면 살 수 있다. 더 이상 입으로 '푸슝푸슝' 레이저빔 소리를 내진 않지만 자기 지갑을 열어 장난감을 갖는 어른. 일 때문에 스트레스 받으면 퇴근길에 장난감 하나 사서 푸는 어른. '어른이'는 꽤 괜찮은 수식어가 아닌가.

-목 차-

프롤로그: 어른의 '돈쭐'을 보여 주마 ----------- 005

누구나 낭만은 하나쯤 -------------------- 017
인생 첫 프라모델은 구멍가게에서 ----------- 024
〈로봇수사대 K캅스〉를 아세요? ------------ 032
내 취향을 닮은 나의 물건들 -------------- 039
찐따는 중앙선을 넘을 수 없어요 ----------- 046
다시 만난 500원짜리 장난감 ------------- 053
취미가 절실한 인생 ------------------- 059
조립의 완성은 사진 ------------------- 067
디테일 올리는 건 어려워 --------------- 068
지루한 부분을 견디는 일 --------------- 077
취미는 '장비빨' -------------------- 088
너무 리얼한 건 매력이 없다 ------------- 096

일부러 좀 망가뜨렸습니다 ------------------ 103

로봇 얼굴 생긴 컬로 싸우는 사람들 ----------- 104

흥분한 오타쿠를 보는 머글의 시선 ----------- 113

뉴비의 취미도 취미인 컬 ---------------- 118

세트로 사지 않으면 안 될 것 같아요 ----------- 127

중고가 월씬 비싼 이상한 시장 ------------- 131

중고거래 사기 참교육 시전하기 ------------- 139

직장인 2대 허언 ------------------- 146

끔찍한 경험으로 남은 덕업일치 ------------- 156

로봇도 조연이 있죠 ------------------ 165

모든 컬 다 가질 순 없나요: 그레이트 합체 로봇 ---- 166

25년 전의 나는 몰랐지, 이런 장난감을 갖게 될 거라고 175

먼지가 쌓이더라도 괜찮아 -------------- 183

에필로그: 타인의 세계 ------------------ 193

· 만화와 게임, 드라마, 영화, TV 프로그램은 < >, 단행본은 『 』, 논문 및 작품명은 「 」로 표시했다.

'낭만'의 사전적 정의에는
매우 의미 깊은 표현이 들어가 있다.
"현실에 매이지 않고".

누구나 낭만은 하나쯤

만화 <원피스>에 등장하는 밀짚모자 일당의 멤버 프랑키에겐 궁극의 합체 기술이 있다. '파이러츠 도킹 6: 빅 엠페러'다. 아는 사람은 실소가 나오고, 모르는 사람은 해적 만화에 무슨 합체인가 싶어 의아할 만한 기술이다. 파이러츠 도킹 6: 빅 엠페러는 밀짚모자 해적 일당들이 말 그대로 로봇처럼 각 부를 구성해서 도킹(합체)하는 기술로, "택틱스 피프틴"이라는 우렁찬 구호와 함께 프랑키가 몸통이 되어, 쵸파가 머리, 양다리에 조로와 상디가 붙고, 양손에는 루피와 우솝이 위치해 완성된다.

<원피스>에서 프랑키의 목소리를 맡은 성우 야오 카즈키의 대표작품 중 하나가 합체 로봇 만화인 <단쿠가>다. 그러니 이 기술은 일종의 '성우 개그'인 셈이다. '기술'이라고 하지만, 로봇이 아닌 생물체들이 이상하게 붙어 강강술래를 하는 꼴이기 때문에 아무리 만화라고 해도 강해지는 건 전혀 없고 웃음만 유발한다.

그깟 취미가

<원피스>의 수많은 장면 중에서도 이 부분이 특히 기억에 남는 건, 합체 기술을 대하는 쵸파 때문이다. '빅 엠페러'에서 머리를 맡고 있는 쵸파는 프랑키 머리에 앉아 자못 비장한 얼굴로 "거대 로봇 전사!!"를 외친다. 이 기술을 기어이 해 보고 싶다는 열망. 어린 시절 가전제품 박스 같은 걸 뒤집어쓰고 합체 로봇과 유사한 무엇이 되고 싶었던 사람이라면 공유하는 그 감각이 쵸파의 비장한 눈과 상기된 볼에 얹혀 있다. 나중에 프랑키는 진짜 합체 로봇인 '프랑키 장군'을 만들어 선보이는데, 이때 쵸파는 그 만화 특유의 번쩍이는 눈과 함께 힘차게 외친다. "나왔다!" 보고 있는 독자들이 다 뿌듯해지는 장면이다.

　　누구나 낭만 하나쯤 품고 산다. 쵸파가 그토록 바랐던 합체 로봇은 내게도 오랜 낭만 중 하나였다. 어디 합체뿐일까? 자동차나 비행기의 몸체 여기저기에 금이 가고 빛이 나면서 쩍쩍 갈라진 뒤 변신하는 것도 짜릿하다. 보통 만화 속 로봇이 변신하거나 합체하기 위해선 고난에 자신을 내던지는 용기를 필요로 한다. 불가능하거나 위험할 가능성이 크다는 걸 알면서도 한 발 내딛는 것, 그것이 로봇 만화에선 변신이고 합체다. 용기를 선망하던 아이에게 변신과 합체는 낭만이었을 수밖에 없다.

　　변신이나 합체는 상황을 반전시킬 계기가 되고, 문제 해

결의 시발점으로 기능한다. 역경을 맞이한 애니메이션 속 주인공 로봇은 변신과 합체를 통해 고난을 극복한다. 연극에서 유래해 영화에서도 자주 쓰이는 '데우스 엑스 마키나'(Deus ex machina)는 '기계장치로 구성된 신(God)'이라는 뜻이다. 극에서 스토리를 적당히 마무리 짓기 위해 갈등을 일거에 해결할 신적인 존재를 등장시켰을 때 사용한다. 아무래도 극의 스토리가 어설프다는 얘기인 만큼 좋게 쓰이는 말은 아니지만, 변신과 합체 로봇에는 매우 부합하는 표현이다. 변신과 합체를 거쳐 등장한 '진짜' 기계장치로 구성된 이 멋쟁이들은 칼질 한 번에 악당을 두 쪽 낸 후 유유히 승리의 포즈를 취하고 극을 마무리 짓는다. 살면서 수많은 콘텐츠와 스토리를 접했으나, 아직까지 이보다 멋진 갈등 해소의 방식을 찾진 못했다. 변신과 합체는 그 자체로 반전의 기폭 장치다.

지금은 이렇게 흥분해서 설명하지만, 대외적으로 로봇을 좋아한다고 말하고 다닌 건 최근 4~5년 정도밖에 안 된다. 30년 조금 넘게 살면서 변신합체 로봇을 안 좋아한 적이 없었던 걸 생각해 보면 다소 짧은 기간인데, 사실 로봇을 좋아한다고 했을 때 애 취급받는 게 싫어서 좋아하는 걸 숨겼다. 변신합체 로봇을 좋아한다고 다시 말할 수 있게 되기까지 오랜 시간이 필요했다는 게 좀 억울할 때도 있다. 유치원을 다닐 때까지만 해도 당당하게 장난감을 가지고 다닐 수 있었는데 초등학생이 된 후로는 로봇을 좋아하는 건 '애기 같은' 일이 되어 버렸다. 겨우 초등학생인데 말이다. 이후로 오랜 기간 낭만을 숨겨야만 했다. 십수 년 동안 나의 합체 로봇 사랑엔 핑계가 필요했다.

때는 초등학교 4학년, 장래 희망을 그리고 그 이유를 적는 수업 시간이었다. 무엇이 되고 싶은지 십여 분 정도 골똘하게 생각하던 나는 스케치북에 로봇 한 대와 거대한 온도계, 과학자가 된 나를 그려 놨다. 1. 과학자가 되어 로봇을 만들고, 2. 이 로봇으로 거대한 온도계를 들어 우주 공간으로 나간 뒤, 3. 태양에 온도계를 꽂아 온도를 재겠다는 논리였다.

사실 태양의 온도 같은 건 안 궁금했다. 되게 뜨겁겠지 뭐. 수업 시간에 로봇 그림을 한번 그려 보고 싶었고, 그래서 만화에서 보던 로봇을 만들고 탈 수밖에 없는 명분이 필요했다. 지구보다 훨씬 크고 지글지글거리는 표면을 갖고 있는 태양은 인간이 그냥 접근할 수 없는 영역이다. 누군가는 이 태양의 온도를 궁금해할 것 같다. 태양의 온도를 재려면 온도계를 태양의 표면에 꽂아야 한다. 뜨거운 태양의 표면에 온도계를 꽂는 건 누가 봐도 로봇이 필요한 일이다.

그럼 내가 태양의 온도를 재겠다고 하면, 로봇을 만들어 탈 수 있게 된다. 고작 초등학교 4학년이 로봇을 타고 싶다고 얘기하려는데 "로봇을 탄다는 건 정말 개쩔게 멋있잖아요!" 하지 못하고 이런 구구절절한 이유를 만든 거다.

사회의 눈치를 보는 건 낭만의 고윳값이다. 낭만을 낭만으로 만드는 가장 중요한 요소가 '무용함'이고, 현대 사회에서 무용함의 자리는 무척이나 비좁다. 대체로 낭만이라 지칭되는 것들에선 쓸모라곤 볼 수 없고, 선택할 만한 합리적인 이유도 찾기 어렵다. 낭만은 쓸모를 요구하는 사회에선 설 자리가 없는 단어다. 낭만을 이야기하는 사람의 취급도 매한가지다. 하지만 낭만은 이 무용함의 자리에서 빛이 난다. '아니어야 하는' 수많은 이유들에도 불구하고 기어이 선택하게 만드는 마음의 끌림은, 결국엔 가장 앞에 선다.

요새 넥슨에서 나온 <던전앤파이터 모바일>이라는 게임을 열심히 한다. 이 게임은 다양한 직업 중에서 원하는 직업을 골라 캐릭터를 육성하는 재미가 핵심이다. 직업에 여러 종류가 있는 만큼 좋은 직업도 있고, 나쁘게 평가받는 직업도 있다. 좋은 직업은 몬스터도 쉽게 잡고, 스킬을 사용하는 손맛도 좋고, 키우기도 쉽다. 나쁜 직업은 정반대다.

쾌적한 게임을 하고 싶은 초심자들은 캐릭터를 만들기 전에 커뮤니티에 "OO(직업명) 키우기 좋나요?" 같은 질문

그깟 취미가

을 남긴다. 안 좋은 길은 피해 가고 싶은 마음이다. 댓글에는 현재 시점에서 유저들이 파악한 해당 직업의 장단점과 나름대로의 평가들이 올라온다. 그런데 간혹 이런 식으로 댓글을 다는 사람들이 있다.

"어차피 캐릭은 낭만이에요."

말투는 좀 까칠하지만 게임 캐릭터는 좋고 말고를 합리적으로 따져 고르는 게 아니고, 결국엔 '그냥' 하고 싶은 걸 고르게 되어 있으니 생각한 대로 가라는 응원의 말이다. '어차피', 이 세 글자엔 모든 합리적 이유들을 작동하지 못하게 만드는 낭만의 특성이 담겼다. 선택에 낭만이 작용하면 그냥 그 길로 가게 되어 있다. 설명은 필요 없다. 그저 마음이 가리키니 좋아갈 뿐이다. 낭만은 사랑 같은 감정처럼 설명을 필요로 하지 않는다. 어떤 이유가 막아서더라도 하고 싶은 것. 낭만은 그래서 고고하고 멋지다.

낭만이 멋지다는 걸 가슴으로 이해하게 되면 당당한 인간으로 거듭날 수 있다. 핑계 같은 하찮은 정당화 작업은 필요 없다. 지금의 나는 변신합체 로봇이 좋다고, 취미는 프라모델이라고 떠들고 다닌다. 로봇 만화를 볼 시간에 공부를 하고, 장난감 프라모델을 살 돈으로 저축을 하는 등의 사회적으로 더 합리적이라 여겨지는 선택지들이 있다는 것쯤은 안다. 하지만 그게 뭐 대수일까. 서른이 넘은 지금도 주인공이 힘차게 구호를 외치며 레버를 당기면 기차 세 대가 한 대의 로봇으로 합체해 악당에게 삿대질하면서 "널 작살을 내버리겠다!!"라고 선언하는 멋짐에서 눈을 돌릴 수가 없는 걸. 앞으로도 이 멋진 로봇들을 손에 잡히게 구현해 놓은 플라스틱 덩어리들을 동네방네 자랑하고 다녀 볼 참이다.

인생 첫 프라모델은 구멍가게에서

　내가 나라는 사람을 비교적 명확하게 인식하고 기억을 쌓기 시작했던 나이는 대충 여섯 살 즈음. 이 시기에 살던 집은 장성군 장성읍 대창동이라는 촌 동네 구석에 슬레이트 지붕을 얹고 푸세식 화장실을 끼고 있는 곳이었다. 슬레이트 지붕에 푸세식 화장실이라고 하니까 많이 부족한 환경이었나 싶지만, 원래 '부족하다'는 감각은 풍요를 겪어 봐야만 찾아오는 것인지라 이제 막 자기를 인식하기 시작한 여섯 살 꼬마가 인지할 수는 없었다. 화장실에서 구더기와 함께 앉아 볼일을 보던 때에도 관찰할 무엇이 있을 뿐이었고, 온수가 나오지 않아 빨간 대야에 가스로 덥힌 물을 따로 섞어 씻을 때도 불편함을 몰랐다. 오히려 오래된 집의 예스런 스타일이 아이에겐 흥미로웠다. 지금 도시에서는 쉽게 보기 힘든 마당과 마루와 건넌방이 있었고, 천편일률적으로 생긴 방들이 아니라서 각기 다른 모양새의 공간이 주는 색다름이 있었다. 마루에서 햇빛을 맞고, 작은 텃밭에서 양분을 손에 쥐고, 마당의 움푹한 부분을 따라 자연스럽게 흘러 나가는 배수로의 물길에서 물장난을 치며 자랐다. 나만 좋았나 싶은 게, 지나가듯 엄마한테 "나는 거기 살 때 좋았다" 했을 때 엄마는 "지금 살고 있는 집으로 이사해서 좋았다"는 답을 돌려줬다.

작은 마당을 지나 좁은 시멘트 기둥 사이에 낀 초록색 사자머리 대문을 열면 우리 집과 엇비슷한 슬레이트 지붕과 빨간 벽돌집이 공존하는 골목이 나왔다. 그 골목에선 바닥에 선을 그어 땅따먹기를 하거나, 고장 난 장난감 자동차로 골대를 만들어 바람 빠진 공을 차고 놀곤 했다.

골목 하면 떠오르는 가장 선명한 기억은 이름은커녕 얼굴도 기억나지 않는 동네 친구보단 아무래도 슈퍼다. 3미터 남짓 폭을 가진 골목의 끄트머리엔 할아버지 슈퍼가 있었다. 말이 좋아 슈퍼지 3평 정도나 되었을까 싶은 구멍가게다. 그즈음엔 창고형 대형 매장이 많이 없어서였을까? 그렇게 슈퍼를 하면서 생계를 유지하는 집이 꽤 많았다. 얼마나 뻔질나게 드나들었는지, 아직도 그 슈퍼의 구조가 어렴풋하게 생각난다.

간판에 적힌 이름이 '할아버지 슈퍼'는 아니었다. 주인이 할아버지라 제멋대로 그렇게 불렀다. 그때는 가게와 집을 하나로 만드는 경우가 많았다. 방에서 쉬다가 손님이 오

그깟 취미가

면 마중 나가는 구조였다. 가게 문을 열면 오른쪽에 계산대와 짧은 마루 같은 것이 붙어 있었는데, 가게에 딸려 있는 안쪽 방에서 뻗어 나와 문과 함께 가게와 방을 구분해 주는 역할을 했다. 가게에 들어가면 그 조그만 마루에 할아버지가 걸러앉아 계셨다.

끼릭 소리가 나는 슈퍼의 미닫이문을 열면 바로 아래 눈길이 닿는 곳에 조악하게 인쇄된 장난감 박스들이 있었다. '변신합체 로봇 플래시킹' 따위의 말이 적혀 있는 작은 박스들. 이게 내가 인생 최초로 조우한 프라모델 상품이다. 여섯 살의 나는 그걸 '만들기'라는 직관적인 명칭으로 불렀다. 엄마에게 용돈을 500원 받을 기회가 생기면 이 만들기를 사기 위해 슈퍼로 쪼르르 달려갔다. 그 500원으로 과자를 산 기억은 많지 않다. 아마 과자는 아빠가 퇴근길에 사오지만, 만들기는 내가 사지 않으면 만날 일이 없다는 이유였을 것이다.

A4 반절보다 조금 더 작은 박스들의 디자인은 동일했다. 전면엔 어딘가에서 허접스럽게 베껴 온 듯한 로봇 일러스트가 있었고, 측면엔 이 장난감이 3~4가지 종류로 발매된다는 걸 알려 주는 미니 카탈로그 같은 게 붙어 있었다. 상자 겉면에는 펀치로 뚫은 듯한 작은 구멍이 있는데 그 구멍으로 박스 안쪽을 들여다보면 이게 몇 번 장난감인지 알 수

있었다. 이제 와 생각해 보니 박스를 한 가지로 통일하려는 원가 절감의 일환이었을 뿐이지만, 나름 작은 구멍으로 '쪼아 보는' 재미를 주었다.

우리 집 형편이 풍족한 것도 아니었고, 딱히 용돈의 필요성도 없는 여섯 살에겐 500원이라는 기회가 그렇게 자주 오지 않았다. 합리적인 소비를 위해선 그 손톱 반도 안 되는 구멍 안을 이리저리 살펴보며 원하는 번호를 찾아야 했다. 어떤 상품들은 번호가 잘 보였지만, 그것도 복불복인 탓에 안 보이는 경우도 왕왕 있었다. 물건을 떼다 파는 슈퍼에선 그 박스 여러 개가 묶인 덩어리를 하나 혹은 두 개 가져다 놓았는데, 소포장 단계의 불성실함 때문인지 같은 번호의 장난감이 많은 경우가 수두룩했다.

가게 할아버지의 심기를 거스르지 않는 선에서 박스를 한참 만지작거린 뒤, 고민을 거듭한 끝에 500원짜리 동전을 내밀어 원하는 장난감을 구매하곤 했다. 내게 500원이 큰돈으로 남아 있는 건 이때 크고 묵직한 동전 한 개로 장난감을 얻었던 기억 때문이다. 물론 지금은 1,500원에 파는 빼빼로가 300원이었을 때니까 그때의 500원과 지금 500원의 가치는 크게 다르겠으나, 이상하게 500원이 주는 든든한 감각은 사라지지 않는다. 새우깡도 2천 원인 2022년이지만, 서른이 넘은 지금도 500원이라고 하면 뭐든 할 수

그깟 취미가

있을 것 같다.

　박스 안에는 싸구려 껌이나 사탕과 함께 설명서 한 장, 색감 쨍한 부품 런너* 몇 장이 들어 있었다. 설명서를 보면서 싸구려 사탕을 으적으적 씹어서 없앤 다음, 부품을 손으로 뜯거나 치아를 도구 삼아 잘라 가며 만들었다. 플라스틱이 싸구려라 그런지 손으로는 부품이 깨끗하게 떨어지지 않아서 주로 이를 이용했다. 충격을 조금만 받아도 곧 빠질 유치인 줄 모르고 입을 가져다 댔다. 손톱깎이를 쓰면 더 좋았겠으나 도구를 제대로 쓸 줄 모르는 나이었다. 옆에서 새콤달콤을 씹던 동생은 이가 뽑혔는데, 나는 플라스틱을 물어뜯고도 다행히 이가 나간 적은 없었다.

　처음 몇 번은 설명서를 보면서 만들었지만 열 박스, 스무 박스를 만들고 나니 설명서를 보지 않고도 뚝딱뚝딱 만들어 냈다. 다 만들고 나면 손바닥만 한 크기에 변신도 되고 때론 합체도 되는 로봇 장난감 하나가 서 있었다. 보통 조금 큰 비행기에 작은 경찰차, 소방차, 구급차가 들어 있고 이렇게 네 대가 하나로 합체하는 로봇, 두 대의 자동차가 각각 로봇으로도 변하고 합체 로봇도 되는 장난감, 이렇게 두 가지를 많이 샀다. 주로 "용자물"이라고 불리는 애니메이션

* 조립 장난감의 부품들이 달려 있는 플라스틱 틀

시리즈 속 로봇들이었다. 변신과 합체 기믹을 구현한 장난 감들은 플레이 밸류가 높았다. 한 번에 여러 장난감을 다 살 순 없는 상황에서 하나의 장난감에 여러 기믹이 응축되어 있어 오래 질리지 않고 놀 수 있었다.

만들기는 이후로도 서너 해 동안 내 취미로 함께했다. 슬레이트 지붕 집에서 새로 지어지는 빌라로 이사를 할 때 도 그간 마당에서 함께 놀았던 장난감들을 그러모아 새 집 의 한구석 아직 자리 잡지 못한 서랍장에 곱게 모셔 두었다. 그때까지만 해도 그게 나의 작은 보물상자였다. 그런데 나 이가 조금씩 먹어 감에 따라 사회적 시선을 한 가닥씩 몸에 걸치게 됐고, 이 취미가 열 살을 넘어 가는 어린이에게는 다 소 어울리지 않을 수 있다는 걸 체득했다.

하루는 학교 운동회가 끝나고 집으로 돌아가는 길에 문 방구에 들렀다. 아이들에겐 소풍에 버금가는 날인 만큼 엄 마한테 받은 약간의 용돈이 있었고, 점심 때 아이스크림을 이모 돈으로 사 먹은 나는 장난감 세 박스를 한 번에 살 수 있었다. 이렇게 많이 사 본 게 처음이라 세상 든든했다. 딱 계산하고 나가려는데 같은 반 친구한테 들키기 전까지는. 네 거냐는 친구의 말에 동생 줄 거라고, 죄 없는 미취학 동 생들을 팔았다. 쓸데없이 예리했던 그 친구는 너 동생 둘밖 에 없지 않냐고 물었다. 남은 한 박스는 누구의 것이 될 예정이냐는 얘기였다. 할 말을 찾지 못한 나는 어버버하다가 후다닥 집으로 돌아갔다.

그즈음이었나, 보물상자에 애지중지 모아 뒀던 장난감들은 어디로 간지도 모르게 사라져 버렸다. 부품 한두 개만이 장롱 아래, 침대 아래 같은 곳에서 발견될 뿐이었다. 주인이 부끄럽게 생각한다는 걸 알고 도망이라도 가 버린 걸까? 지금 생각하면 여섯 살이나 열 살이나 뭐 그렇게 달랐다고 그랬나 싶다.

중학교에 갓 들어간 2003년. 정말 간만에 하나 만들어 보고 싶어서 초등학교 앞 문방구들을 뒤져 가며 찾은 적이 있다. 세 곳의 문방구가 있었는데, 가게 주인에게 물어보면 없다고 하거나 밖에 둔 박스에 있는지 한번 살펴보라고 했다. 비를 맞아 찌그러지고 햇볕에 표면이 새하얗게 타 버린 서로 다른 박스들 속에서 겨우 예전에 가지고 놀았던 로봇을 하나 찾을 수 있었다. 엄마 아빠한테 "그 나이 먹고도 장난감을 가지고 노냐"는 말을 들을까 봐 방에 들어와 불도 안 켜고 나쁜 짓이라도 하는 것마냥 숨죽여 박스를 열었다. 손은 기억하고 있었던지 설명서를 보지 않고도 만들어 낼 수 있었다. 어렸을 땐 꽤 복잡하게 조립해야 만들 수 있는 물건이었던 것 같은데 그새 나이 몇 개 더 먹어서 그랬는지 조립 과정이 꽤 시시하게 느껴졌다. 만들고 난 후 모양새도 영 부실해 보였다. 만화 속 컬러링과는 전혀 다른 푸르뎅뎅한 연보라색과 물 빠진 빨간색이 어지럽게 섞여 있었다. 그렇게 내가 기억하는 '만들기'와의 추억은 영화 <인사이드 아웃>에 나오는 빙봉처럼 망각의 골짜기에 완전히 빠져 버렸다.

그 장난감의 이름이 '식완'이었다는 사실은 더 이상 엄마한테 500원을 받지 않아도 될 정도의 나이가 되어 다시 그것을 구하려고 인터넷을 돌아다닐 때 알게 됐다. '식품 완구'의 앞말을 따서 줄인 말이더라. 영어론 '캔디 토이'(Candy Toy). 껌이나 사탕을 넣어서 슈퍼 같은 소매점에 유통될 수 있게 식품으로 만들어 완구 앞에 '식품'이란 단어가 붙었다.

어린 시절 내가 샀던 것들은 하나같이 제대로 된 저작권이 없는 물건들이었는데, 당시 한국에서 팔던 식완 장난감은 대부분 일본 회사의 제품을 무단으로 카피한 것이었다. 하기야, 정식 라이선스를 받은 제품이 그렇게 저품질로는 나올 수 없었겠지. 그리고 그랬다면 가격도 500원이 아니었을지 모르고, 내가 가지고 놀 수 있는 기회도 더 줄어들었을 수 있었겠다. 내 어릴 적 첫 프라모델의 추억은 1990년대의 낮은 저작권 인식의 덕을 본 셈이다.

그깟 취미가

<로봇수사대 K캅스>를 아세요?

TV를 브라운관이라고도 부르던 시절, 그때의 TV는 뒤통수가 길고 거의 정육면체에 가까운 모양을 한 묵직한 기계였다. 이게 대체 어떻게 만화를 틀어 주나 싶은 마음에 가까이 다가가면 빨간색, 녹색, 파란색의 작은 입자가 무수하게 반복된 유리가 보였고 미약한 전류가 느껴졌다. 비닐봉지 같은 걸 붙여 보거나 머리카락을 가져다 대면 표면에 쩍쩍 붙는 게 신기해서 굳이 그 앞에 가 얼굴로 전기를 흡수하곤 했다. 장래희망이 피카츄였을까?

TV가 이렇게 생겨 먹었던 세상엔 신문에 'TV프로그램 편성표'라는 게 있었다. 요샌 신문을 안 본 지 너무 오래라 편성표의 생사 여부도 잘 모르겠다. 온디맨드 비디오(VOD)와 구독형 스트리밍의 시대에 의미가 없어진 지 오래됐지만 그때만 해도 편성표의 역할은 대단히 중요했다. 몇 번에서 어떤 프로그램이 몇 시에 방송하는지 알려 주었는데, 이걸 봐야 그날 보고 싶은 프로그램 방영 시간에 맞춰 TV 앞으로 달려갈 수 있었다. 인기 있는 프로그램이 방송될 때엔 거리에 사람이 없을 정도였다.

TV 채널이라고 해 봐야 KBS, MBC, SBS, EBS 이렇게 네 개 정도로 볼거리가 부족하던 시절, 여섯 살 꼬맹이가 시간 맞춰서 볼 만한 영상물은 만화밖에 없었다. 이때 즐겨 보던 만화는 <로봇수사대 K캅스>, <지구용사 선가드>, <마이트 가인> 같은 로봇 만화였다. 등장인물과 로봇은 달랐지만 이 야기 흐름은 대체로 비슷했다. 주요 내용은 지구의 인간 주 인공(보통 소년)이 로봇과 함께 우정을 쌓아 가며 악당을 물리치는 것이다. 로봇의 기원은 외계의 영혼이거나 인간 의 기술이 만들어 낸 초인공지능이거나 외계의 힘을 이용 한 초인공지능이었다. 이 인공지능이 경찰차나 소방차, 전 투기, 기차 등 탈것들에 장착되거나 스며든 뒤 소년을 친구 겸 대장으로 태우고 다니면서 위기의 순간에 로봇으로 변 신해 지구를 수호했다.

이와 유사한 로봇 만화들은 전부 일본의 애니메이션 제 작사인 선라이즈와 타카라에서 제작한 슈퍼로봇 애니메이 션 시리즈로 본토인 일본에선 통칭 "용자물" 혹은 "용자 시 리즈"라고 불렸다. 90년대 중후반~2000년대 초 애니메이 션 제작 능력이 부족했던 한국에 사는 아이들을 위해 수입 된 애니메이션이다. 나와 비슷한 시기에 유년기를 보낸 남

그깟 취미가

자라면 '데커드', '다간' 같은 로봇의 이름은 한번 정도 들어 봤을 거라고 생각한다. 주관적 감정을 살짝 넣어서 회상해 보자면, 이 로봇 만화의 위상은 당시 여자아이들이 즐겨 본 〈달의 요정 세일러문〉, 〈천사소녀 네티〉, 〈카드캡터 체리〉 와 비등비등했다.

용자물 중에 특히나 재미있게 봤던 작품은 〈로봇수사대 K캅스〉다. 내가 변신합체 로봇 애니메이션을 좋아하는 가장 큰 포인트는 탈것이 로봇으로 변신한다거나 더 큰 로봇으로 합체한다는 기믹을 활용한다는 점이었다. 그런데 이 만화만큼은 '마음을 가진 로봇'이라는 포인트를 크게 살려 기존과는 다른 방향으로 극을 진행했다는 점이 색달라서 인상 깊었다. 로봇 친구란 어떤 존재일지 생각을 해 보게 했달까. 주인공인 최종일은 고민거리가 있으면 베개를 들고 차고로 가 경찰차로 변해 쉬고 있는 데커드에게 고민 상담을 하곤 했다

다른 용자 시리즈에서 나오는 로봇들의 마음엔 대체로 정의감뿐이다. 고민도 없고, 스스로 희생할 때도 거리낌이 없다. 지구를 지키기 위한 마음에 한 점 의심이 없다. 이들의 희생엔 강렬한 용기와 새하얀 이타심만이 있을 뿐 고민이 끼어들 여지가 없다. 악당이 세상을 멸망시키려고 한다면 내 존재야 어떻게 되더라도 몸을 던진다.

그런데 K캅스의 로봇들은 좀 달랐다. 경찰청 소속의 마음을 가진 인공지능 로봇 형사들은 인간이 아닌 존재로서의 고민과 고뇌를 드러냈다. 극 자체로도 마음이 생긴 로봇이라는 독특한 설정을 살린 에피소드를 많이 다뤘다. 인간적인 감정을 가진 로봇에게 비인간적인 대우를 할 때 로봇들이 느끼는 감정을 다루기도 하고, 범죄를 저지른 인공지능 로봇을 어떻게 처벌할 것인가에 관한 내용도 다뤘다. 기억을 가진 두 대의 로봇이 적을 물리치기 위해 합체하는 대가로 그간의 기억을 상실할 수도 있는 상황에서 각자의 인간 친구에게 마음을 고백하는 장면은 무척 인상 깊었다. 좋은 에피소드가 꽤 있지만 개중에서 재밌게 봤던 에피소드를 하나 소개한다. 제35회 '명중률 98.91%'다.

로봇수사대 대원들의 사격 명중률은 98.91%. 상부에서는 이를 100%로 끌어올릴 수 있는 '건퓰레이터'라는 기기를 도입하려고 한다. 문제는 장치를 설치하기 위해 로봇수사대 대원들의 두뇌를 개조해야 한다는 것. 로봇수사대 대원들은 머리에 손을 대야 한다는 점, 인간처럼 노력이 아니라 그저 뭔가를 설치하는 것만으로 성능을 높인다는 점 등을 탐탁지 않아 하며 설치를 꺼린다.

냉소적인 성격에 평소에도 대원들을 '로봇'이라며 선을

그어 왔던 경찰청 부청장은 이 상황이 맘에 들지 않는다. 로봇 주제에 장비 설치를 맘에 안 들어 한다는 게 이해가 안 됐던 것이다. 부청장은 "너희가 마음을 가지고 있다고 하더라도 사람이 아니라는 점을 명심하라"고 쏘아붙이기까지 한다.

한편 건플레이어 개발자는 로봇수사대 대원들이 자기가 개발한 장치를 설치하지 않겠다고 반발했다는 사실에 흑화해 버린다. 어째서 이 시절 만화 속 과학자는 곧잘 흑화하는 걸까? 여하튼 이자는 자신이 개발한 장비를 들고 난동을 피우고, 목숨을 걸고 나선 로봇수사대에 의해 진압된다.

개발자의 문제로 장비 설치는 물 건너갔지만, 부청장은 여전히 설치를 탐탁지 않아 했던 로봇 대원들이 아니꼽다. 상황이 종료된 후 사격장에서 연습 중인 대원을 찾아가 여전히 명중률은 98.91%인 로봇수사대 대원을 향해 "나는 100%를 기대한다"라고 기어이 한마디 한다. 하지만 로봇수사대의 리더 데커드는 "나머지 1.09%는 저의 인간적인 부분일지도 모릅니다"라고 대꾸하며 에피소드가 마무리된다.

'마음을 가진 로봇'은 오래전부터 창작물의 단골 소재였다. 아마도 결국 인간을 탐구하는 이야기로 돌아가기 때문일 테다. 로봇은 인간을 닮아 있어 근원적으로 인간의 실존을 고민하게 만드는 소재다. '로봇'의 어원은 극작가 카렐 차페크의 희곡 「로숨의 유니버설 로봇」에서 찾아볼 수 있는데, 체코어로 '부리다'는 뜻의 '로보타'(robota)다. 이 작품은 인간과 똑같이 노동을 할 수 있지만 마모되었을 때 폐기하고 신품으로 교체할 수 있는 인조인간 '로보타'가 인간에게 지배받다가 반란을 일으킨다는 내용이다. 이처럼 로봇은 그 기원부터 인간을 정면으로 마주하는 존재였다.

창작물에서 로봇이 가지는 가장 큰 특징은 인간을 닮았지만 인간과 구분되는 무엇이라는 데서 만들어진다. 뼈와 살이 아니라 금속과 합성섬유 등 인공물로 구성된 로봇에 특이점이 찾아와 만약 스스로 사고를 할 수 있는 존재가 된다면, 그럼 로봇과 인간의 차이는 무엇일까? 이 같은 질문은 인간이라면 흥미를 가질 만한 것이라 로봇을 소재로 한 창작물에서는 로봇의 반란만큼이나 많이 다룬다.

드라마 〈휴먼스〉에서는 인간처럼 사고하는 로봇인 '신스'(synths)가 나온다. 기계 장치로 구성되어 있으나 기억을 갖고 감정을 느끼며 복잡한 사고를 할 수 있는 로봇/알고리즘은 스스로의 존재에 대해 고민한다. 이런 존재를 보는 인간도 혼란에 빠진다. 새로운 개념의 인공물을 어떻게 정의할지에 대한 고민인 듯 싶어도 결국 인간은 무엇으로 구성되고 규정되는지 그 정의에 대한 탐구로 넘어가게 된다.

합체나 변신도 좋지만, 로봇이 이렇게 인간 실존에 대해 고민하게 만드는 소재라는 점도 매력적이다. 인간이 '생각해서 고로 존재할 수 있는' 존재라면, 생각하는 로봇은 어떻게 봐야 할까? 로봇을 다룬 창작물을 보며 오지 않은 미래에 대해 골똘히 고민하게 만드는 질문들이 재밌다.

내 취향를 닮은 나의 물건들

변신이나 합체 등의 기믹이 없는 로봇들은 소시지 빠진 소시지빵 같다. 원작에서는 변신하거나 합체하는 로봇이었는데, 실물로 구현이 어렵거나 단가가 높아지는 등 어떠한 사정 때문에 변신이 안 되는 형태로 발매되면 갖고 싶은 느낌이 뚝 떨어진다.

기믹이 빠진 로봇은 그냥 인형처럼 보인다. 아마 나는 로봇도 좋아하지만, '기믹'이라는 점에 특히나 꽂혀 있지 싶다. 이런 취향이 도드라졌던 건 문구류에서였다. 가방에 필통을 넣고 다녀야 하는 시절 내내 두툼한 필통을 들고 다녔다. 작은 취미 중 하나는 특이한 기믹을 가진 문구류로 필통을 가득 채우는 일이었다.

그 당시 가방을 거쳐 갔던 필통 중엔 '로봇'이 한 대 있었다. <트랜스포머>에 나오는 '옵티머스 프라임'을 모델로 하는 변신 필통이다. 필통에서 트럭으로, 트럭에서 로봇으로 3단 변신이 가능했다. 바퀴가 달린 직사각형 필통 상태에서

그깟 취미가

중간 부분을 아래로 꺾어 앞부분에 운전석을 만들어 주면 트럭이 됐고, 등판에서 머리를 꺼내고 팔을 돌려 주먹을 끼우면 로봇이 되는 식이었다.

　모델이 옵티머스 프라임이긴 했지만 정식 라이선스를 얻은 물건이 아니란 점은 한눈에 알 수 있었다. 필통이라는 태생적 한계를 감안해도 얼굴 생겨 먹은 거나 변신하는 모습 모두 대충 만들어진 느낌을 풍겼다. '대충'이 가장 도드라지는 부분은 주먹이었다. 옵티머스 프라임이 주는 근엄하고 묵직한 느낌과는 전혀 어울리지 않는, 형광색에 가까운 발랄한 분홍색 지우개 주먹을 한 쌍 가지고 있었다. 주먹을 진짜 지우개로 썼다가는(심지어 잘 지워지지도 않았지만!) 로봇으로 변신했을 때 그나마 앙증맞던 손마저도 없어지는 불상사가 생긴다. 그래서 여분의 지우개를 들고 다녀야 했다. 필통 하나에 지우개 세 개라니, 내가 아무리 초딩이라고 해도 빨간펜 하나 정도는 더 넣고 다녔어야 하는 입장에서 필기구 구성의 밸런스가 너무 좋지 않은 건 곤란했다. 게다가 필통은 변신 기믹상 허리가 꺾였어야 했는데, 이 때문에 애매한 지점에서 쪼개지느라 내부 공간을 충분히 쓸 수도 없었다. 필통 본연의 기능인 연필 수납공간부터 부족했다. 대여섯 자루 정도 들어가면 꽉 찼던 것 같은데, 그나마도 딱 연필 규격에 맞는 꽂이가 있는 형태라 꽂이에 들어가지 않는 샤프에 관심이 생기고부터는 필통을 바꿨다.

'샤프', 나는 이게 영단어인 줄로만 알고 있었다. 우리가 아는 샤프는 예전에 전자사전 잘 만드는 걸로 유명한 일본의 전자기기 제조업체 샤프(SHARP)의 창업자가 초기 '샤프'를 만들어 내면서 대중의 입에 붙은 말이다. 정식 영어 명칭은 '메카니컬 펜슬'(Mechanical pencil). 아무리 생각해도 이쪽이 조금 더 발음하기 멋지지만, 입에 샤프가 밴 탓에 샤프라고 부르게 된다.

샤프는 통에 든 얇은 심을 잡아 클릭에 따라 일정한 간격으로 밖으로 밀어 낸다. 단순하긴 해도 글씨나 쓰는 게 목적인 문구류 주제에 어떤 기계적인 장치가 작동한다는 게 멋있었다. 연필은 가질 수 없는 플라스틱이나 알루미늄, 철 같은 소재들이 세련되게 조합된 배럴*과 그립**이 만들어 내는 아름다움, 로고나 심경도 표시계***등의 디테일이 주는 재미, 기분 좋은 묵직한 무게. 연필이랑 기능상 별 차이도 없는 물건이 이런 멋짐을 응축하고 있다니, 샤프를 쥐고 있으면 공부도 기분 좋게 할 수 있었다. 공부하는 과목을 교체할 때마다 새로운 기분을 주기 위해 손에 쥐는 샤프

* Barrel, 샤프의 몸체 부분
** Grip, 잡는 부분
*** 샤프심의 경도-H, HB, B 등-를 표시

그깟 취미가

도 바꾸곤 했다.

천 원, 2천 원 용돈을 모아서 다양한 종류의 샤프를 사다 모았다. 비싼 건 7~8천 원짜리도 있었다. 한때 내 필통에는 샤프만 대여섯 자루가 들어 있을 정도였는데, 당시 물가와 학생의 부족한 용돈 사정을 생각해 보면 가용한 용돈의 상당 정도를 샤프에 투자한 거였다. 가장 애용했던 샤프는 파커(PARKER)에서 나온 '조터 샤프'였다. 디자인과 그립감이 좋고 특히 가벼워서 좋아했다. 잃어버리면 사고, 잃어버리면 사다 보니 중학교 이후 아직까지도 필통에서 나간 적이 없다. 독특한 메커니즘을 가진 샤프도 있었다. '쿠루토가'라는 이름의 샤프인데, 글씨를 쓰려고 종이를 눌렀다 뗄 때마다 톱니바퀴에 의해 하단부가 회전하면서 샤프심이 조금씩 돌아가는 기믹이 있었다. 한 방향으로만 쓰면 샤프심이 일정한 방향으로 닳고, 그러면 심의 단면적이 넓어져 글씨 두께가 일정하지 않다는 문제를 해결하기 위해 고안된 샤프다. 참 일본스럽다 싶으면서도 투명한 부분을 통해 보이는 심을 돌리는 구조가 신기해서 괜히 바닥에 샤프를 눌렀다가 떼곤 했다.

직장 생활을 하면서부터는 필기할 일이 거의 사라지면서 학창 시절 친구들처럼 샤프와도 자연스레 멀어졌다. 빈자리에 들어온 건 전자기기였다. '기믹 물품'에 대한 추구는 통장에 월급이 꽂히는 직장인이 되면서 더 심해졌다. 직장 생활을 시작하고 내 돈으로 노트북을 구매하는 시점. 업계 사람들이 죄다 맥북을 쓴다는 사실이 싫었던 나는 기어이 360도로 디스플레이가 돌아가는 윈도우 노트북을 구매했다. 요샌 이런 콘셉트의 제품이 흔하지만 5~6년 전만 해도 그렇지 않았다. 노트북 화면이 터치도 되고 펜도 쓸 수 있어서 당시로는 조금 독특한 제품이었다. 화면을 어떻게 꺾어 쓰느냐에 따라서 4가지 모드로 변신했는데, 거치 모드 상태에서 넷플릭스를 보기도 하고, 태블릿 모드 상태에서 펜을 이용해 작업을 하거나 논문을 보기도 했다. 노트북이 가장 빛을 발할 때는 미팅 장소였다. 노트북 화면을 꺾어 상대방과 화면을 공유해 터치하면서 설명하면 열에 일곱은 신기해했다.

영상을 업으로 하면서 이런 특이한 노트북을 만들지 않는 애플의 맥북으로 넘어왔지만, 기믹을 가진 장비에 집착하는 장비병은 아직도 못 고쳤다. 이번엔 카메라 기어 쪽으로 옮았다. 애초에 렌즈 교환식 카메라 자체가 필요한 상황마다 렌즈를 바꿔 끼워 대응한다는 점에서 무기나 서포트 메카를 갈아 끼우는 로봇 같은 면이 있다. 카메라 기어는 바디, 렌즈부터 오디오, 조명 장비 등 기본적인 것도 많지만, 덜 흔들리게 하거나 조작을 도와주는 쪽에도 워낙 장비 종

그깟 취미가

류가 다양하고 많다. 소비가 소비를 연달아 부르는 대표적인 영역이다. 시중에 옵션도 많아서 남들과 다른 나만의 카메라 셋업을 만드는 재미가 쏠쏠했다. 남들이 굳이 안 쓴다는 렌즈를 끼우고, 줌을 당길 때 좀 더 손에 감기게 도와주는 줌 링 기어를 붙이고, 좀 더 좋은 품질로 수음할 수 있게 샷건 마이크도 하나 카메라 바디에 합체시켜 놨다.

물건이 나를 닮는 건 어쩔 수 없는 일이다. 기능적인 측면만을 이야기하는 게 아니다. 색깔, 감촉, 생김새, 심지어는 냄새마저도 나의 어떤 부분을 닮아 있다. 그건 시중의 많고 많은 물건 중에서 하필이면 그 물건이 필요하다고 여겼던 나의 생활과 생각이 깃들어 있어서라고 추측해 본다. 같은 종류의 물건 중에서 특정한 브랜드, 색깔, 가격대, 성능, 디자인이 필요한 이유에도 취향 같은 나의 일부가 스며 있다. 그렇게 구매한 물건들은 나와 시간을 함께하며 취향이나 습관 같은 나의 부분을 조금씩 더 담아 간다.

노트북 상판엔 내가 좋아하는 스티커들이 붙어 있고, 계절 가리지 않고 편하게 신으려고 산 하얀 스니커즈의 뒤축은 내 걸음걸이를 반영해 바깥쪽으로 약간 사선을 그리며 닳아 간다. 오랜 기간 나의 작업을 책임진 키보드의 스페이스 바는 오른쪽 엄지가 닿는 곳이 반질반질하다. 몇 년을 즐겨 입은 니트는 상의를 잡아당기는 습관 탓에 아랫단에 불

규칙하게 늘어난 굴곡이 묻었다.

　가끔은 내 주위를 둘러싸고 있는 나의 조각들을 그러모아 보며, '하여간에 나는 이런 인간인가' 투명하게 읽히는 것만 같아 실소를 짓는다. 어쩜 내 물건들은 죄다 나 같은 걸까. 내 가방과 옷가지, 컴퓨터와 각종 전자기기, 로봇 장난감들과 기념품, 책 등 어느 하나도 나로부터 벗어나는 게 없다. 어떤 것엔 삶이, 습관이, 쓸모가, 동경이, 취향이 대체로는 복수로 때론 단수로 담겨 있다. 그래선지 수개월에서 수년이 지나 쓸모를 다해 버린 물건들을 버릴 때가 되면 괜스레 섭섭함이 든다. 필요 없는 물건은 그때그때 버리는 게 바람직한 삶의 자세라는 건 알고 있다. 그래도 어쩌나, 나를 담고 있는 물건들에 정드는 걸 막을 수가 없는 걸. 나에게 물건을 버리는 일이란 비록 작다고 해도 정을 떼는 일이다.

찐따는 중앙선을 넘을 수 없어요

로봇 애니메이션이나 장난감, 혹은 판타지나 무협 소설 같은 약간 마이너한 매체류를 즐겨 섭렵하는 나 같은 아이들에게 풍기는 이미지가 있다. 대체로 '찐따'라고 부르기 어렵지 않은 내적·외적 특성을 지니고 있다는 거다. 말랐거나 뚱뚱하고, 선천적인지 후천적인지 알 수 없는 초식동물스러움이 눈빛과 몸짓에 배어 있다. 이런 친구들은 한 반이 서른 명이라면 대략 5명에서 많아도 7명 안팎. 이 '찐따스러움'의 정도엔 개인차가 있긴 했지만, 이상하게도 하나같이 체육을 못한다는 공통점이 있었다.

지금은 기억도 잘 나지 않는 초등학생 시절, 이때의 나는 저 찐따의 경계 어딘가에 있었던 것 같다. 시골 초등학교에서는 손에 꼽을 정도로 공부를 잘하긴 했는데, 운동 신경은 썩 좋지 않았다. 안경을 안 썼다 뿐이지 전형적인 범생이 스타일이었다고나 할까. 공부를 잘했다는 건 꽤 큰 장점이지만, 아무래도 운동과 공부를 둘 다 잘하는 친구 옆에 있으면 스스로가 좀 찌질해지는 것 같았다. 하루가 다르게 성장하던 남자애들에겐 공부보단 운동을 잘하는 게 훨씬 '먹어주는' 일이었다. 인싸같이 놀고 싶으면 원만한 교우관계에 운동 하나는 잘하는 게 필수 조건. 안타깝게도 나는 초등학교에 다니는 내내 축구를 했다 치면 중앙선을 넘어가지 못하는 인간이었다.

수비수. 세상에 이렇게 나약한 세 글자가 또 있을까? 그럴싸하게 전략을 짜고 4-3-3이니 4-2-3-1 같은 소리를 하는 축구에서 중요하지 않은 포지션이 없다는 것쯤은 안다. 그러나 공 던져 주면 우르르 몰려가는 애들끼리의 공놀이에서 수비수란 그냥 못하는 아이들을 지칭하는 다른 말이었다. 뒤에서 발끝으로 운동장 모래를 긁으며 낙서나 하고 있다가 공이 이쪽으로 온다 싶으면 그 주위에서 조금 뛰는 척하는 포지션. 세상일도 그렇지만, 위치의 중요도에는 차등이 있다. 중요한지 아닌지가 어떻게 나눠지지 않나, 당연히 나눠지지. 초등학생 축구에서 공격과 수비는 특히나 명확하게 쪼개지는 성질의 것이었고, 이 갈라짐은 체육 시간이 아닐 때도 그대로 적용되곤 했다. 종종 나는 범생이라고 놀림을 받았는데, 어린 내가 생각하기엔 아무래도 그 이유가 축구에 있었다. '범생이'는 '공부를 잘 한다'는 칭찬이 아니라 '공부를 좀 하는 찐따'를 줄여서 부르는 말이었다. 범생이라는 소리를 듣는 건 순전히 내가 축구를 못해서, 수비수로 멀뚱히 서 있어서 그런 것 같았다.

운동은 잘하고 싶지, 축구는 (열네 살일 뿐이었지만) 이미 늦은 것 같지, 그래도 기어이 범생이라는 찐따의 타이틀을 벗고 싶었던 나는 중학교 입학 이후 농구에 손을 댄다. 그저 공 차는 것밖에 모르는 애들이 다수인 상황에선 한 반에 농구 좋아하는 애는 3~4명밖에 안 됐다. 조금만 열심히 해도 잘하는 척할 수 있는 일종의 블루오션. 5명이 뛰는 농구 특성상 잘하는 한두 명만 재밌게 하는 것도 아니고, 나도 골 넣을 기회를 꽤 잡을 수 있었다. 생전 처음으로 운동에 재미를 느꼈다. 집 근처 도서관 옆엔 문화센터라고 부르는 체육관이 붙어 있었는데 농구공을 가져가서 공부하는 시간 앞이나 뒤로 연습했다. 얼마 안 되는 용돈을 모아 만 5천 원짜리 나이키 농구공도 하나 장만할 정도로 열심히 했다.

그렇게 농구를 1년, 2년 하다 보면 문화센터에 놀러 오는 아저씨들이랑 섞여도 될 수 있는 정도가 된다. 한창 자라나고 있다 해도 아직은 얇은 몸이라서 다 자라 두꺼운 아저씨들과 부딪히며 몸싸움하는 일이 쫄리긴 했다. 그러나 덩치 큰 아저씨들과 운동을 한 후 친구들이랑 체육관 바닥에 누워 가쁜 숨을 몰아쉬고 있으면 초등학교 때까지 날 규정했던 작은 종지 같은 그릇에서 벗어나는 느낌을 받았다.

거의 매일 체육관에서 농구를 하다 보니 또래 중에는 그래도 꽤 하는 수준이 됐다. 노력의 결실도 거뒀다. 중학교 체육대회 날, 반 대표 선수 중 한 명으로 나가게 된 것이다. 고작 반 대표였지만 내 입장에서는 인생의 중요한 무언가를 하나 달성한 기분이었다. 학창 시절 축구 수비수 출신은 대체로 다른 종목에서도 들러리 신세를 면치 못하는 게 일반적이다. 농구를 하면 라인 밖에서 서성거릴 뿐이고, 배구를 하면 공이 안 오는 쪽에 라인을 표시하는 깃대처럼 서 있을 뿐이니까. 축구 수비수였던 내가 반 대표 농구 선수로 나간다는 건 인간 승리에 준하는 일이었다. 시골의 작은 학교라 반이 세 개밖에 없었는데도 체육대회가 얼마나 크게 느껴졌는지 모른다.

멋있게 골도 막 넣고 그랬으면 좋았겠지만, 나도 그걸 너무나 희망했지만, 현실은 달랐다. 수비하던 애가 뛰어다니기에 학교 체육대회는 너무 큰 장소였다. 풀 코트를 수많은 동기생들이 둘러싸고 구경했다. 하프 라인만 넘어가도 심장이 쿵쿵거렸다. 골대로 공을 던지는 거 자체가 너무 부담스러운 상황. 초등학생 때 축구에서 수비를 보던 것처럼 경기를 했다. 내 앞에 공이라는 책임감이 굴러오면 뻥 쳐내 버리곤 했는데, 여기에서도 마찬가지였다. 내 손에 공이 들어

그깟 취미가

오면 큰 사달이 나기 전에 얼른 다른 친구에게 돌려 버렸다.

농구에서 가장 기본적이며 쉽고 안정적으로 골을 넣을 수 있는 레이업* 하나도 시도를 못 해 봤으니 말은 다 했다. 레이업은 기본적으로 틈새를 돌파해 골대 근처로 가야 한다. 하지만 그때의 나는 차마 그것을 시도하지 못했다. 내가 공을 몰고 골대로 들어가야 안전하게 슛을 넣을 타이밍이 나올 때조차 한 발 두 발 늦게 오고 있는 친구에게 공을 넘겨 버렸다. 다른 친구들 사이를 파고들어 가서 슛을 넣을 수 있다는 생각 자체가 들지 않았다. 문화센터에서 농구 좋아하는 친구들끼리 반 코트를 뛰거나 훨씬 덩치 크고 힘이 센 아저씨들과 할 때도 몸싸움이 무서워서 못 들어간 적은 없었다. 그런데 그 체육대회라는 부담감이 레이업 하나를 못 올리게 만들었다. 같이 대표로 나간, 나와 1년 넘게 주말마다 농구를 즐기던 친구는 나더러 왜 레이업을 안 올리고 멀리서 슛을 던지냐고 답답함에 한소리를 던졌다. 결국 경기 끝날 때까지 한 골도 못 넣었다. 아저씨들한테도 밀리지 않았는데, 나와 비슷한 어린애 하나를 제대로 못 밀고 들어갔다. 그게 수비수 출신의 그릇이었다. 더 비참했던 건 농구는 그다지 잘하는 편이 아니었지만 축구는 잘했던 '핵인싸' 친

---

* Lay-up shot, 공을 몰고 들어가 골대 근처에서 점프해 링에 공을 얹어 놓듯 행하는 슛 방법

구가 교체로 들어와서(원래 후보였는지, 그냥 자기가 답답해서 뛰고 싶었던 건지는 기억이 안 난다) 코트를 운동장처럼 뛰어다녔다는 거다. 잘했는지 아닌지는 모르겠다. 확실히 당당하게 휘젓고 다니긴 했다.

누구나 그릇이 있다. 고기도 먹어 본 놈이 먹는다고 했다. 꿈을 크게 꾸거나 더 먼 곳을 보는 것도, 더 큰 리스크를 지고 더 큰 리턴을 얻는 것도, 그런 그릇이 되는 애들이나 가능한 게 아닌가? 찐따는 발버둥을 쳐도 찐따일 수밖에 없는 걸까. 그런 생각이 갈수록 짙어만 갔다. 대학교에 입학해서 처음 외국어 고등학교 출신 친구들을 만났을 때도 비슷한 걸 절절하게 느꼈다. 소위 명문 외고를 나온 그 친구들은 나랑 그릇이 달랐다. 꿈의 크기와, 밀도와, 다채로움에서 큰 차이가 났다. 그런 그릇은 대부분 어린 시절의 경제적, 문화적 배경에 의해 결정되는 것 같았다. 짧은 인생 경험하며 만난 다수의 경우가 그랬고, 사회생활을 시작하고는 그런 사례를 훨씬 더 많이 접했다.

물론 현실에 불평하며 좌절하기만 해서야 얻을 수 있는 게 아무것도 없단 것쯤은 잘 안다. 이 문제를 극복할 방법은 굉장히 쉽고 명쾌하다. 축구에서 농구로 눈을 돌린 것처럼 내가 좀 더 잘할 수 있는 영역을 찾아보고, 매일 슛 연습을 한 것처럼 꾸준히 노력하는 것. 실패와 작은 성공을 반복하는 것. 어찌 됐든 노력하면 찐따의 상태에서 벗어날 수는 있으니까, 노력해서 나의 그릇을 최대한 키워 보려는 태도를 가져야 한다.

문제는 나보다 앞서 있는 상대방이 나의 성장을 기다려 주지는 않는다는 데 있다. 차이는 유지되거나 쳐다보기 어려울 정도로 커지기도 한다. 별수 있나. 그럼에도 불구하고 노력하는 것, 물에서 언제 나갈 수 있을지도 모르면서 발버둥을 치는 것. 그러니까 결국 이 문제는 작은 그릇을 가지고 끙끙거리는 과정에서 '있는 집 자식', '될 놈', '재능충'들을 마주치며 필연적으로 찾아오는 현타를 어떻게 극복할 것인가로 귀결된다. 입이 쓰다.

다시 만난 500원짜리 장난감

〈진보와 보수〉라는 교양 수업 시간. 사회학과에서 꽤 유명한 교수라고 하더라. 강의 제목부터 그렇게 재밌진 않았고 내용은 더 재미없었는데도 수업 듣는 학생이 많았다. 강당 수준의 강의실에서 지정 좌석으로 진행되는 강의였다. 내 자리는 딴짓하기 좋은 중간쯤이어서 수업이 지루해지면 자동으로 핸드폰에 손이 갔다.

구부정하게 의자 허리로 몸을 구겨 들어가던 중 핸드폰 위로 등장한 소식에 눈을 번쩍 떴다. 어렸을 적 500원으로 사서 가지고 놀았던 식완 장난감이 다시 리뉴얼되어 발매된다는 소식이었다. 여섯 살 때 색깔 이상한 플라스틱으로 된 싸구려 카피 식완도 재미있게 만들었던 나에겐 잠이 호다닥 도망가는 소식이었다. 갑자기 다음 수업 휴강한다고 했어도 덜 놀랐을 거다.

마음이 부풀면서 의자 속으로 가라앉던 몸이 재빠르게 떠올랐다. 핸드폰 화면으로는 '신규 조형으로 리뉴얼', '환골

탈태한 프로포션', '변신 합체 재현 가능', '300엔(한화 3~4천 원)' 등의 말들이 상품 박스 이미지와 함께 떠 있었다.

사야 하나, 엄청난 고민이 들었다. 돈 때문은 아니었다. 대학생이라 주머니 사정이 넉넉하지 않았던 건 맞지만, 그래도 한 박스에 몇천 원 하는 장난감을 못 살 건 아니었다. 문제는 '대학생이 과연 장난감을 사도 되는가'에 있었다. 내가 가지고 있는 사회적인 상식선에서 로봇 장난감이 허용되는 나이는 초등학교에 들어가기 전까지다. 이 시기가 넘어가면 아이들도 스스로 로봇을 가지고 놀 나이가 지났다고 판단하면서 게임을 찾는 게 일반적이다. 고금을 막론하고 그랬다. 차이가 있다면 PC방을 가느냐 핸드폰으로 하느냐뿐이다.

초등학생도 아니고 무려 대학생씩이나 됐는데, 이 장난감을 사도 될까? 요새는 의미가 많이 퇴색됐지만 그래도 대학생은 사회의 지성 아닌가? 군대 만기 전역하고 복학한 대학생이 도서관에서 전공 서적이라도 한 자 더 읽을 생각은 안 하고 장난감 소식에 흥분하다니. 물론 리뉴얼되어서 판매되는 식완은 애들 장난감이라기보다는 어린 시절의 추억을 잊지 못하는 어른들을 위해 만들어지는 상품임이 자명했지만 그렇다고 본질이 장난감이 아니게 되진 않는다. 고민을 거듭하다가 결국 첫 번째 발매를 넘겨 버렸다.

그로부터 얼마 지나지 않아서 리뉴얼 식완 2탄이 나왔다. 이번에 발매된 3대의 로봇들 중 한 대가 내가 정말 좋아했던 <용자특급 마이트가인>의 주역 로봇 '마이트가인'이었기에 고민이 길어졌다. 하지만 1편도 참았는데 2편을 못참을까. 이번에도 넘어갔다. 그러다 다시 1년 후 나온 3탄. 여기서는 결정타를 맞아 더 참지 못했다. 3탄으로 발매된 3대의 로봇 중에 <로봇수사대 K캅스>의 '듀크파이어'라는, 어렸을 적 가장 좋아했으나 한 번도 입체물로는 만져 본 적 없는 로봇이 있었다. 너무나 갖고 싶었지만 한 번도 갖지 못한 '살 만한 가격'의 추억 소환 장난감. 밀려오는 파도에 모래성이 무너지듯 참아야 한다는 마음이 무너지고 결국 예약 구매를 진행했다.

두어 달쯤 기다려 받은 택배 박스 안엔 무척 익숙한 크기의 장난감 박스가 들어 있었다. 물론 예전의 카피판과는 다른 정품이고 2010년대 중반에 맞게 세련된 패키징을 자랑했지만, 박스의 크기와 무게만큼은 아주 어렸을 적부터 손에 익숙한 그것이었다. 처음 박스를 만졌을 때는 옛 추억에 잠시 감상에 젖어들었다. 박스도 까지 않고 한참은 그 박스 자체만 이리저리 둘러보며 만지작거렸다.

박스를 열어 보니 조그만 껌이 하나 나왔다. 소다맛이었다. 껌을 우물거리면서 2차 포장된 비닐을 뜯자 옛날과 비숫하지만 품질은 꽤나 다른 녀석들이 나왔다. 그때의 플라스틱은 훨씬 말랑거렸던 것 같은데, 이 플라스틱은 조금 더 단단했다. 색깔이나 스티커도 애니메이션 속 모습을 구현하기 위해선지 꽤 잘 갖춰져 나왔다.

세 박스뿐이었기 때문에 아껴 가면서 하나씩 조립했다. 정성껏 부품을 떼고 다듬었다. 스티커가 손톱보다 작아서 숨을 참아 가며 붙였다. 로봇 하나를 완성하는 부품은 고작 3~40개 남짓이었는데, 만드는 데 걸리는 시간은 서너 시간 정도였다. 프라모델 조립은 재미있는 책 읽기와 비슷한 구석이 있다. 빨리 다음 장을 넘기고 싶으면서도 남은 부분이 줄어 가는 게 아쉬운 것처럼, 장난감도 한 부분 한 부분 완성하는 게 너무 재밌으면서도 다 만들면 이 만드는 재미를 더는 느끼지 못한다는 생각에 아쉬움이 한가득 찬다.

몇 시간 동안 자잘한 부품을 붙잡으며 시간을 오롯하게 보내고 깨달았다. '아, 이건 취미라고 부를 수 있겠다.' 한때 취미를 적을라치면 차마 '핸드폰'이라고 적을 수 없어 고민하다가 독서, 농구 같은 무색무취한 것으로 쓰곤 했었다. 취미란은 한동안 공백이나 다를 바 없었다. 로봇을 만들면서 그 공백이 채워지는 느낌을 받았다. 스무 살을 한참 전에 넘겼지만 여전히 로봇을 좋아하니까, 장난감을 조립하는 건 다시 취미가 될 수 있겠다. 인터넷 너머로 주위를 둘러보니 장난감 좋아하는 어른의 수도 적지 않았다. 이미 많은 동지들이 즐기고 있었던 취미라고 생각하니 나도 해도 되겠다 싶었다. 어른이라면 장난감을 사서는 안 된다고 스스로를 가뒀던 틀이 조금씩 깨져 나가기 시작했다.

자기소개서를 쓸 때는 독서나 농구 같은 걸로
대충 채워 넣던 게 취미였는데,
정작 일을 하다 보니 절실하게 필요한 것이 됐다.

취미가 절실한 인생

수십 년 동안 건설판에서 일한 아빠의 표현을 빌리자면, 나는 더울 때 시원한 곳에서 일하고 추울 때 따뜻한 데서 일하는 '좋은 직업'의 최소 조건을 갖추고 밥벌이를 한다. 어디 온도뿐인가, 대체로 앉아서 일을 하다 보니 몸이 고된 경우는 거의 없다. 일을 하는 동안 사용하는 신체라곤 머리와 키보드-마우스를 조작하는 손이 전부다.

다양한 일자리들 가운데 내가 하는 일은 몸이 꽤 편한 축에 속한다. 산업재해의 위험 속에 목숨을 내놓고 일을 해야 하는 것도 아니고, 기계와 다를 바 없이 바지런히 움직여야 하는 일도 아니다. 그래도 나름의 고충이 있다면, 부하가 너무 머리에만 걸린다는 거다. 뚜렷한 목적과 프로세스를 가지고 업무를 진행할 때는 그나마 낫다. 어떤 시간들은 '아 이걸 어떻게 하지'라는 막막함에 쌓여 머리를 싸맨 채 그냥 앉아서 보낸다. 꼭 표지판 하나 없는 산속에 버려진 기분이 드는데, 이런 상황에 빠지면 퇴근해도 퇴근을 하지 못한 거나 다름없다. 6시가 넘고, 공식적으로 월급을 못 받는 시간대에 진입했지만 머리는 계속해서 고민을 이어 간다. 밥을 먹다가도 '그거 어떻게 하지?' 생각하고, 양치질하다가도 '요렇게 해 보면 될까?' 하는 생각이 싸구려 스티커처럼 붙어서 안 떨어진다. 가끔은 억울하다. 아, 이렇게 고민하는 건 야근 수당도 안 나오는 건데, 왜 고민이 머리에서 떨어지질 않는가.

이럴 땐 유튜브 같은 영상매체에서 정신을 빼놓을 수 있는 것들을 찾아 슥슥 훑어보는 게 정답이다. 어째서 옛날 어른들은 텔레비전에 '바보상자'라는 멸칭을 붙였을까. 사람은 생각이라는 걸 안 하고 있을 때가 필요하고, 거기에 지대한 역할을 한 TV는 명확하게 인류의 보편적인 행복을 증진했다고 보는 게 아무래도 타당하다. 바보상자란 멸칭은 그 역할과 중요성에 비해 너무한 처사다. 한 교수님 유튜버가 얘기한 걸 본 적이 있다. 옛날 원시인들은 사냥을 하고 동굴로 돌아와서 힘든 하루를 불멍으로 끝냈고, 그게 이어진 게 TV라고. 그럼 TV를 밀어내고 내 손으로 들어온 작고 네모난 이것은 정말 소중하고 작은 모닥불인 셈이다.

유튜브와 넷플릭스, 디즈니플러스 같은 것들을 헤매다 보면 대체론 다음 날 출근하기 전까지 머리를 비운 채 시간을 잘 죽일 수 있다. 간혹 안 될 때가 있기도 한데, 알고리즘이 비슷한 영상을 너무 많이 추천해 주는 경우다. 클릭을 안 해도 알 것만 같은 영상이 이어질 때는 바삐 새 영상을 찾아 스와이프를 거듭하지만, 어느 하나 재생으로 넘어가는 게 없다. 유튜브라는 모닥불이 꺼지는 순간이다. 이런 때 내 머리는 대체 어디서 쉬어야 할까. 시간을 잡아먹을 수 있는 무언가가 필요했다. 자기소개서를 쓸 때는 독서나 농구 같은 걸로 대충 채워 넣던 게 취미였는데, 정작 일을 하다 보니 절실하게 필요한 것이 됐다.

나이 먹고 식완을 다시 사면서 장난감 만드는 것도 취미로 삼을 수 있겠다고 생각은 했지만, 본격적인 취미로 넘어가진 못했었다. '어른이 장난감 살 수 있지!'라는 마음을 장착하고 나니 정작 살 수 있는 로봇 자체가 시장에 별로 없다는 장벽을 마주했다. 2010년대 중반만 해도 용자 로봇 관련 장난감은 매우 드물었다. 20여 년 전 만화에 나왔던 용자 로봇은 그 인기의 지속성이 동년배인 포켓몬과는 한참 차이가 났다.

취미로 로봇 프라모델 조립을 하려면 가장 대중적으로 성공한 건프라(건담+프라모델) 외엔 대안이 없다. 종류도 많고 구할 수 있는 매장도 많은 편이며 무엇보다 가격이 저렴하다. 이미 인기와 수요를 바탕으로 낮은 가격으로 공급

할 수 있는 체인이 완성된 시장이라서다. 다만 건담은 내가 좋아하는 용자물과 콘셉트가 좀 다르다. 대체로 건담은 전쟁병기로 만들어진 리얼 로봇을 표방한다. 변신이나 합체처럼 비효율적으로 취급되는 기믹은 주류가 아니다.

살짝 아쉽긴 해도 취미가 절실한 나에겐 다른 대안이 없었다. 고심 끝에 유일하게 즐겨 봤던 시리즈인 <기동전사 건담 더블오>의 주역 로봇이자, 전투기가 강화용 부품처럼 합체하는 콘셉트의 프라모델을 첫 타자로 골랐다. RG(Real Grade) 등급*의 '더블오라이저'라는 제품이었다.

RG 등급의 건프라는 14~5cm가량의 작은 크기에 로봇의 디테일과 기믹들을 빽빽하고 리얼하게 구현하는 걸 특징으로 한다. 여태까지 만들었던 로봇은 기껏해야 부품 수십 개짜리였는데, 이건 부품 수만 300개가 훌쩍 넘었다. 부분 부분 그어진 라인들, 파이프나 실린더 기믹 같은 디테일들이 빽곡했다. 이 건담 로봇이 현실에 존재하는 건 아니지만, 만약 있다면 이런 구조와 생김새를 가졌을 것 같았다. 변신 로봇만 취급하고 싶던 자아는 어딘가 구석에 박힌 채 아예 차원이 다른 종류의 장난감 조립이 주는 재미에 정말 시간

---

* 프라모델은 스케일(scale)과 조립 난이도에 따라 몇 가지 등급으로 구분된다. 크기가 작고 조립이 쉬운 HG(High Grade)부터 크고 복잡한 구조인 PG(Perfect Grade) 등이 있다.

가는 줄 모르고 빠져들었다. "이래서 건담 프라모델이 대중적으로 가장 성공했구나" 중얼거리면서 다리 한쪽을 조립하면 한 시간 반이 흘러 있고, 다시 집중해서 반대쪽 다리와 허리를 조립하고 머리를 들면 시계가 자정을 가리키고 있었다. 잡생각이 끼어들 틈이 없었다. 예전 같았으면 뭘 하더라도 10분에 한 번씩 핸드폰을 들여다보며 각종 소셜 앱의 피드에 새로 올라온 정보는 없는지, 메일은 안 왔는지 확인했을 텐데, 조립하는 동안에는 쳐다보지도 않았다. 낮 동안 꺼질 새 없이 배터리를 소모하던 핸드폰은 한쪽에 치워진 채 혼자서 알람을 울리다 꺼지다를 반복했다.

모형 자체의 재미도 재미인데, 조립 과정 자체가 너무 재밌었다. 건프라의 조립 과정은 이렇다. 먼저 찰찰 거리는 런너들 사이에서 하나의 파츠를 만들기 위해 필요한 만큼의 부품 몇 개를 뗀다. 한 가지 색으로 된 경우가 아니라면 대체로 여러 런너에서 한두 개의 부품을 떼어 와야 한다. B-3, 4, 8, 10번, D-8번, E-15, 16번 같은 식이다. 런너 라벨과 부품 번호를 확인하면서 설명서에서 필요하다는 부품을 준비해 둔다.

여기서 잠시, (TMI지만) 부품을 떼어 내는 과정에서 요구되는 세심함에 대해 이야기하려 한다. 건프라 런너는 붕어빵 틀처럼 로봇 부품의 모양이 새겨진 금속 틀에 녹인 플

그깟 취미가

라스틱을 주입해 만든다. 부품을 떼어 내면 런너와 이어진 부분 때문에 플라스틱 조각이 따라붙을 수밖에 없다. 이걸 '게이트 자국'이라고 부른다. 런너와 부품이 이어지는 부분에서 최대한 게이트 자국이 안 남게 제거해야 모형을 깔끔하게 완성할 수 있다. 이걸 잘 처리하면서 만드는 게 기본적이면서도 중요한 요소다. 게이트 자국 처리가 중요한 건 프라모델 소재의 영향이 크다. 프라모델을 만드는 열경화성 플라스틱은 힘을 가하면 해당 부분이 하얗게 변하는 백화현상이 일어난다. 카페에서 음료를 다 마신 다음에 할 일 없다고 빨대를 잘게 접어 돌돌 말다 보면 하얀색 주름이 생기는 걸 볼 수 있는데 이것도 마찬가지의 원리다.

　니퍼로 뭔가를 자르는 일은 칼이나 가위를 쓸 때와 다르다. 힘으로 눌러 버리면서 끊어 내는 것에 가깝다. 그렇기 때문에 부품의 표면에 니퍼를 바짝 대고 자르면 게이트와의 연결 부분이 하얗게 떠 버려 보기 싫게 된다. 좋은 프라모델 니퍼를 사용할수록 이 백화현상을 많이 예방할 수 있다. 그러나 완전히 없게 만들 수는 없다. 최대한 깔끔하게 떼어 내는 게 최선이다. 그러기 위해 니퍼는 부품 표면과 살짝 간격을 띄워서 사용하고, 자잘하게 남은 부분을 칼로 깎아 내듯 다듬는다. 칼은 예리하기 때문에 백화현상을 최대한 피하면서 게이트를 정리할 수 있다.

지금까지 설명한 게 건프라를 비교적 깔끔하게 만들려고 할 때 부품 하나에 작업해야 하는 가장 기본 단계다. 조립은 이 단순 작업을 모든 부품에 반복하고 나서야 이뤄진다. 마치 방망이 깎는 노인이라도 된 것처럼 작업을 진행한다. 로봇의 각 부를 만들 때마다 필요한 부품을 찾아 니퍼로 똑똑 떼 놓고, 커터칼로 슥슥 다듬어 깎으며 부품을 마련한다. 다 떼 놓으면 늘어놓고 설명서를 참조해 순서에 따라서 조립하기를 반복한다. 조립은 몸통으로 시작해 머리로 올라갔다가 양팔-허리-다리-무기 순으로 진행된다. 부분 부분을 조립하고 만들 때마다 혼잣말로 감탄이 터져 나왔다. "와 이거 뭐야." "아니 진짜 반다이(제조사)는 XX놈들(대단한 장인정신을 가진 분들)인가?" "이렇게 작은 크기에 어떻게 이런 개쩌는(밀도 높은) 디테일이 모여 있는 걸까." 로봇의 머리 크기는 100원짜리 동전보다도 작은데, 이 작은 머리에 들어가는 부품은 열다섯 개다. 건담 안면부에 붙는 스티커는 동전에 새겨진 연도 글자 크기와 비슷하다. 조립하느라고 눈은 빠지는 것 같았지만, 나도 완전히 빠져서 몰입할 수 있었다. 하나의 파츠를 완성하고 고개를 들면 잠시 어디를 갔다가 온 것만 같았다.

　　품도 많이 들고 하나의 파츠를 만들 때마다 시간도 상당히 잡아먹다 보니 로봇 하나를 다 조립하는 데 며칠이 소요

됐다. 나흘 정도를 퇴근하고 집에 오면 집안일을 빠르게 해치운 뒤에 런너를 펼쳐 놓고 조립의 세계로 빠져들었다. 하루하루 형상을 갖춰 가는 로봇을 보는 맛이 좋았다. 그렇게 무기까지 다 만들고, 스티커까지 모두 붙여 완성한 뒤에 완성품을 책상에 올려놓으니 뿌듯함이 몰려왔다.

취미에 오롯하게 몰입하면서 생각을 비우고 일과 거리 두는 시간이 길게 생기니 오히려 일에 대한 몰입도와 집중도가 높아졌다. 조립하는 시간 동안 내 책상은 조립에 수반되는 각종 부산물로 어지러워졌으나 머릿속만은 말끔하게 청소된 책상 같아졌다. 일이 일상생활을 야금야금 잡아먹는 걸 멈추게 하고 일과 적절하게 거리를 두니 일과 조금 더 친해질 수 있게 된 건 덤이다.

조립의 완성은 사진

　조립장난감의 진정한 완성은 사진이다. 프라모델을 좋아하는 사람 중 대다수는 자신이 만든 결과물을 자랑하고 싶어 한다. SNS에 올릴 만한 사진을 뽑아내려면 1. 카메라에 대한 높은 이해를 바탕으로 잘 찍거나 2. 도색이나 개조 등 다양한 기술로 로봇 자체를 예쁘게 만들거나 3. 수준 높은 포토샵 실력으로 각종 이펙트를 덮어 사진을 꾸미는 등의 방법이 있다.

　어떤 방법에서든 가장 중요한 건 '포징' 즉, 로봇의 관절 각 부를 조작해 멋진 자세를 취하게 만드는 것이다. 괜찮은 사진을 건지기 위해선 몇 cm 정도밖에 안 되는 로봇 팔다리를 mm 단위로 미세하게 조정해 가며 여러 번 찍어야 한다. 손가락을 펴고 찍는 게 예쁠까, 주먹을 쥐고 찍는 게 예쁠까 따위를 고민하며 셔터를 누르다 보면 몇 시간이 훅 간다.

그깟 취미가

디테일 올리는 건 어려워

건프라 중에 다양한 제품 라인업을 갖추고 있고, 가격도 저렴해 가장 대중적으로 인기 있는 등급은 HG(High Grade)다. 어떤 로봇이냐에 따라서 조금씩 달라지긴 하지만 대략 2만 원대로 출시된다. 2만 원 정도면 만화 속 내가 좋아했던 로봇을 한 대 가질 수 있다. 여러 대를 사도 그리 부담스럽지 않다. 굿즈 시장, 특히 실물 피규어 시장 특유의 자비 없는 가격을 생각하면 도드라지는 장점이다.

HG 등급의 건프라는 구조가 단순하다. 그만큼 조립이 쉬워 건프라를 처음 접해 보는 사람도 어렵지 않게 만들 수 있다. 이런 이유로 생산 단가도 낮다. 복잡한 구조의 프라모델은 개발 기간도 길고 비용도 높아 1년에 몇 종 나오지 않는 반면 HG 등급은 상대적으로 많이 출시된다. 애니메이션이 폭삭 망해 버리지 않는 한, 주인공 로봇이 아니더라도 조연급이 타고 다니는 로봇과 적군 주요 로봇은 대부분 제품화가 된다. 다양한 로봇, 마이너한 인기의 로봇을 구매하고

자 하는 사람에겐 이 등급의 건프라가 적절하다. 완성품의 크기도 한 뼘 정도여서 보관도 쉽다. 취미인들은 이 문제를 '부동산'이라고 부른다. 장난감이나 굿즈 수집처럼 자리를 차지하는 취미는 구매 시에 집 안의 여유 공간을 고려해야 한다. 부동산 불패의 유구한 신화를 자랑하는 대한민국에 선 장난감에 방 한편 내주는 게 보통 어려운 문제가 아니다.

이래저래 장점이 많아 보이는 HG 등급이지만 단점이 있다. 수집가 입장에서 가장 큰 건, 생산비 절감을 위해 일부 디테일들이 생략되어 다소 밋밋하게 나온다는 점이다. 저렴한 가격을 생각하면 단점이라고 지적하기 어려울 수도 있는데, 돈을 더 지불해서라도 좋은 제품을 수집할 용의가 있는 사람 입장에선 아쉽기 짝이 없다. 돈은 상관없으니 애니메이션과 영화 속 멋진 모습을 가장 잘 구현한 녀석으로 사고 싶다. 밋밋해지면 너무 아동용 장난감 같아져서 조금 속이 상한다.

처음엔 이런 아쉬움 따위 '레드썬' 하고 넘어갈 수 있다고 생각했지만, 좋은 건 금세 익숙해지고 부족한 건 눈엣가시처럼 들어오는 게 인지상정. 애니메이션 속 로봇을 그대로 갖고 싶은 마음은 자꾸 커졌다. 기성품을 레벨 업 시키려면 커스텀을 해야 한다. 단순 조립을 넘어 도색에 대한 도전 의식이 차올랐다. 도색은 도료를 구매해 기성품에 부족한 색상을 채우거나 새로운 색을 덧입히는 작업이다. 부분만 칠하면 '부분 도색'이라고 하고, 전체를 새로 칠하면 '풀 도색'이라고 한다.

풀 도색은 주로 락카 계열 도료를 에어브러시라는 도구를 이용해 칠하는 작업이다. 공기압을 붓처럼 이용하는 방식인데, 부품을 향해 도료 입자를 실은 바람을 쏴 균일하게 색을 덮는다. 이 작업을 하려면 에어브러시를 분사할 수 있는 장비+미세입자로 흩뿌려지는 도료를 처리할 수 있는 도색 부스+이 과정에서 생기는 유해가스를 내보낼 수 있는 환기 시스템+도색된 부품을 안전하게 건조할 수 있는 건조대 등이 필요하다. 어지간한 가정집에서 갖추기 어려운 설비다. 당시 하숙집 한 칸 방을 쓰고 있던 처지에 방 한 칸이 따로 필요한 풀 도색은 월세를 두 배로 올려야 한다는 점에서 불가능했다. 부분 도색에 도전하기로 마음먹었다.

디테일을 올리고 싶었던 건프라는 회색이어야 할 부분도 흰색으로 나온 게 문제였다. 부분 도색에 쓰이는 2,500원짜리 건프라 전용 회색 마커를 샀다. 처음엔 도색을 필요로 하는 부분에 쓱쓱 칠하면 카탈로그 속 멋진 모습처럼 될 줄 알았다. 막상 해 보니 한 뼘짜리 조그만 로봇 장난감 부분 부분에 삐뚤지 않게 칠하는 일이 생각보다 훨씬 어려웠다. 조립이 완료된 상태에서는 원하는 부분을 편하게 잡고 색칠할 수가 없어서 기껏 만든 로봇의 상당 부분을 부품 단위로 분해해야만 했다.

부품으로 쪼개도 쉽진 않았다. 색이 칠해지는 부분이 평면이 아니다 보니 도료가 정해진 선 바깥쪽으로 삐져 나가기 일쑤였다. 삐져나온 것을 아세톤으로 지우고, 칠하고, 다시 지우고를 반복했다. 면적이 좁아 촉이 두꺼운 마커로 칠할 수 없는 곳은 이쑤시개를 썼다. 건담 마커는 펜촉을 바닥에 대고 꾹 누르면 잉크가 흘러나오는 구조로 되어 있는데(수정액이랑 용법이 비슷하다), 그렇게 나온 잉크를 이쑤시개 끝에 묻혀 칠하는 방식이다. 이쑤시개를 콕콕 찍어 가며 작업하면 몇 개만 손대도 분침이 한 바퀴를 돈다. 하지만 작은 부분들도 빠짐없이 꼼꼼하게 칠하려면 방법이 없다. 체감하기론 거의 조립에 든 시간만큼을 썼다. 어떤 부분은 칠하기가 너무 까다로운 탓에 스스로 이 정도면 괜찮다 생각하며 흐린 눈으로 넘어가고 싶기도 했다. 그래도 꾹 참고 벌건 눈 부릅떠 가며 흔들리는 손끝 부여잡고 칠했다.

처음 해 보는 거고 스킬도 없었지만, 오랜 시간을 투자해서 그런지 결과물은 기대 이상이었다. 로봇의 구석구석은 색칠하기 전과 별 다를 바 없나 싶다가도, 그 부분들이 모여 만든 결과물은 이전보다 확실하게 우위에 있었다. 굳이 따지면 색칠 전엔 85점짜리였던 게 92점쯤 된 느낌이었다. 이쑤시개 들고 끙끙거렸던 걸 생각하면 결코 쉽게 성취한 건 아니었다. 절대적으로는 큰 차이가 아닌 것처럼 보일지 모르겠지만.

작은 차이를 만드는 데도 큰 노력이 필요하다는 건 고등학생 때 처음 알았다. 내가 가장 취약한 과목은 수학이었다. 학원도 안 다녔고, 과외도 안 했고, 무슨 배짱이었는지 미리 준비도 안 했다. 고등학교 수학은 중학교 시절, 시험 보고 나서 고개 좀 들고 다녔다고 쉽게 볼 녀석이 아니었다. 선행학습이 워낙 성행하다 보니 한 학기 분량 정도의 선행학습은 학습이 지지부진하다는 의미에 불과했다. 고등학교에 막 들어왔을 때 앞에 앉은 친구는 수2까지, 옆자리 짝꿍은 수1까지 했댔는데 나는 '10-가'(고등 1 수학) 절반을 겨우 하고 자리에 앉아 있었다.

결과는 뻔했다. 도저히 도시에서 온 친구들 수준을 따라갈 수 없었다. 모의고사를 보면 대략 60점 대가 나왔는데 당시 기준으로 3등급이 나오는 점수였다. 몇 번의 시험을 거치며 자존심에 큰 상처가 났다. 아직 잡히지도 않는 대학 가는 문제보다 자존심 깎이는 일이 더 컸다. 어떤 날엔 시험이 끝나고 펑펑 울기도 했다. 16년 살면서 그런 적이 없었고, 이후로 16년을 더 살아 봤으나 뭐가 잘 안된다고 생각했을 때

곡기를 끊거나 폭식을 했으면 했지 눈에서 눈물이 난 적이 없다. 오죽하면 초등학교 때부터 시험 끝날 때마다 잘 봤는지 아닌지를 확인하고 혼을 내던 아빠가 그 이후로 성적에 대해 한마디를 안 했다.

자존심에 스크래치가 나니 독해졌다. 1학년이 끝나 가는 겨울부터 수학 점수를 올리기 위해서 부단히 노력했다. 하루 중 먹고 자는 시간을 빼고는 공부했고, 그중에서도 최소한의 시간을 빼고는 수학에 투자했다. 기초가 없다는 판단에 개념서만 줄곧 파고들었다. 반복하고 반복해서 개념을 익히고 문제 유형들을 습득해 나갔다. 오답 노트가 내 인생에서 쓸모 있었던 유일한 시기인데, 유의미하게 틀린 건 적고 틈날 때마다 보며 풀이 방식을 외웠다. 사실 (나 때 기준) 고등학교 수학은 유형을 파악하고 그에 맞는 풀이법을 암기하는 걸로 커버가 가능했다. 반년에서 1년 정도 수학만 파고 나니 시험이 어려울 경우 80점대, 쉬우면 90점 초반까지 점수를 올릴 수 있었다.

80점대까지는 빠르게 올렸는데, 이후로 몇 점씩 올리는 일은 정말 어려웠다. 특히 어렵게 느껴지는 건 봐도 봐도 잘 모르겠더라. 다시 한 번 벽을 마주한 후에는 한참을 투자해도 등락을 반복하면서 실력이 아주 조금씩 올랐다. 왜 물 끓이는 데 온도가 높아질수록 더 많은 에너지가 필요하다고 하던데 내 수학 점수도 비슷했다. 80점까진 빠르게 긁었지만, 이후로는 더뎠다. 안정적으로 90점 중후반까지 점수를 올리는 문제는 2008년 11월 수능을 앞두고도 해결이 안 됐다. 결국 딱 봐서 각이 안 나오는 문제는 바로 포기하고 찍은 뒤 차라리 나머지를 한 번 더 풀어서 실수를 줄인다는, 다소 과감한 전략으로 들어갈 수밖에 없었다. 서른 문제 중 모르는 게 네 개 나왔고, 그중에 세 개를 틀렸다. 자신 있게 푼 것 중에는 하나를 틀려서 총 네 개 틀렸나 그랬다. 결과적으로 1등급을 받았으니 시험은 잘 본 거였지만, 한 문제를 더 못 맞혀서 결국 앞자리를 9로 만드는 일엔 실패했다.

남들보다 조금 더 해서 조금 더 나은 결과물을 얻어 내는 게 참 어려운 일이라는 걸 많이 느낀다. 가끔 수능에서 한두 문제 더 맞고 말고가 그렇게 중요하냐는 말들을 본다. 학벌이 지나치게 큰 지대를 가진 한국에선 수능 점수가 너무 많은 것들을 결정하고 수많은 가능성을 애초에 꺾어 버리는 경우가 많으니 어떤 부분에선 공감한다. 하지만 기어이 그 한두 문제를 더 맞히고 싶었음에도 그러지 못한 입장에서, 특히 적당히 80% 정도를 해치우고 질려 버리는 나 같은 인간에게 그 한두 문제는 무척 커 보일 때가 있다. '학교 공부'라는 좁은 분야에만 한정해서 말하는 건 아니다. 노력이나 재능 비슷한 것이 들어가는 일에선 대체로 그래 보였다. 남들보다 한두 발짝 더 나아가는 일에는 엄청난 에너지가 필요한데, 이게 보통 디테일에서 드러난다. 뭐라도 조금 더 잘하는 사람들은 확실히 디테일이 좋다. 조금 더 비싸고 좋은 물건, 조금 더 비싸고 맛있는 음식도 그랬다.

시간과 노력은 많이 들어가는데 보기엔 별 차이가 없는 디테일 올리기에 열중하는 사람들을 볼 때 '굳이 저렇게까지 할 필요가 있나', '자기 강박 아닌가' 생각한 적도 있다. 짧게 봤을 때는 그런 사람들이 느리게 가는 것도 같다. 하지만 길게 보면 이 작은 차이가 순위를 만들고, 순위가 결과에서 큰 차이를 낳기도 하더라. 비슷한 가격의 A제품과 B제품이 있다고 하자. 성능은 비슷하지만 완성도 측면에서 A가 5:4 정도로 더 좋다고 했을 때, 사람들은 대부분 A를 사용한다. 물건 자체는 한 끗 차이였지만, 실제 사용자 점유율 차이는 7~8 정도의 차이로 벌어지기도 한다. 완성도에서의 작은 차이가 쏠림을 만들어 낸다.

예전에는 '저것'이 '이것'보다 조금 나은 수준인데 결과에서는 차이가 큰 걸 보며 조금 아니꼬워하기도 하고, 차이 이상의 성과를 가져가는 게 부당하게 느껴지기도 했다. 하지만 결국 이 '약간'이 중요하다는 걸 사회생활을 할수록 체감한다. 다들 비슷한 와중에 조금 더 나은 부분을 만들려고

그깟 취미가

애쓰는 쪽이 조금 더 좋은 성취를 얻어 낸다.

작은 차이를 만들어 내기 위해서는 인고의 시간이 필요하다. '다 된 것 같은데'를 참고 조금 더 디테일을 다듬어 보는 것. 성격이 급해 '이 정도면 다 됐지' 하고 넘어가는 나를 다잡고 순간의 지루함과 질림들을 눌러 보려고 한다.

지루한 부분을 견디는 일

　프라모델 조립은 대체로 재밌지만, 지루한 때도 종종 찾아온다. 특히 건담 프라모델 중 한 시리즈에서 나온 로봇을 만들면 더욱 그렇다. 이미 만들어 봤거나 단조로운 부분이 반복되어 조립의 재미가 덜한 경우다.

　대부분 건담의 팔다리는 두 쪽, 한 쌍으로 되어 있다. 팔다리에 특징적인 기믹이나 장비가 들어가는 경우는 그렇게 많지 않다. 부품에 대체로 독특한 맛이 없고 색상 구성도 단조롭다. 조립 자체도 큰 재미가 없는데 똑같은 작업을 한 번씩 더 해야 한다. 내부를 채우는 뼈대 구조를 만드는 일도 재미가 덜하다. 건담 프라모델은 애니메이션 속에 나오는 다양한 포즈를 취할 수 있어야 한다. 차려 자세의 로봇보단 애니메이션에 나오는 멋진 액션을 구현할 수 있는 게 매력적이고, 구현 가능한 자세가 많을수록 좋다. 그래서 '프레임'이라고 부르는 건프라의 뼈대 곳곳엔 다소 복잡한 관절 구조가 들어가 있다. 리얼해 보이는 내부 프레임 디자

그깟 취미가
프라모델

인도 중요하지만, 그보단 서로 부품들이 맞물려 움직이는 안정적인 구조를 맞추는 데 초점을 둔다. 처음 몇 번은 '아, 이 고리와 축이 맞물려 이런 식으로 움직이고 고정하는구나' 하는 재미가 있다가도, 비슷한 걸 많이 만들수록 감흥이 덜해지고 쉽게 지루해진다. 다양한 색깔이나 독특한 형태가 도드라지는 외장 부품보단 다듬거나 조립하는 재미가 아무래도 적다.

빨리 완성품을 보고 싶은데 부품 하나하나 깔끔하게 다듬는 노력을 유지하는 것도 쉽지 않다. 한 시리즈에 나오는 건담 프라모델은 제작 단가를 낮추기 위해 뼈대나 일부 부품을 공유하기도 해서 이 경우 지루함은 배가 된다. 안 그래도 건프라 조립이 부품을 떼고 다듬는 일을 수십 수백 번 해야 하는 반복 작업인데, 그 다듬는 부품마저도 똑같거나 비슷한 것들이 많으니 새로움이 없다. 최근에 <건담 더블오> 시리즈에 나오는 로봇 3대를 연달아 만든 적이 있다. 이 로봇들이 뼈대와 팔다리의 형태를 상당 부분 공유하고 있어서 거의 똑같은 팔 6쪽, 똑같은 다리 6쪽을 만드는 것과 다름없는 작업을 진행해야 했다.

간혹 팔다리 외의 부품에서도 같은 문제가 생긴다. 건담 중 몇몇 로봇은 '비트'나 '판넬' 병기라고 부르는 걸 장착하고 있다. 드론처럼 혼자 날아다니면서 적 로봇을 공격하는 무기다. 이런 무기들이 프라모델로 구현되면 팔다리보다 더 답이 없는 반복 작업이 된다. '뉴건담'은 '핀판넬'이라는 무기가 여섯 개 한 세트로 들어 있고, '풀 아머 유니콘 건담'은 개틀링건 여섯 자루, 똑같은 방패 세 개를 만들어야 한다.

반복 작업이 이 정도 되면 시작하기 전에 한숨부터 난다. 이 많은 걸 언제 다 다듬고, 조립하고, 스티커를 붙이나. 지루함에 몸서리가 쳐진다. 그렇다고 대충 만들면 두고두고 눈에 거슬릴 게 뻔하다. 지겨움을 꾹 참아 내다가 너무 지루해서 하기 싫어지는 지경에 이르면 멈추고 한정 없이 미루기도 한다.

프라모델 조립은 내가 너무 좋아하는 것이지만, 그중 어떤 부분들엔 이런 지루함이 항상 껴 있다. 즐겁자고 하는 일인데 이런 재미없는 부분들에도 계속 노력까지 쏟는 게 맞는 걸까. 사회에선 피할 수 없이 얻어맞아야만 하는 것들이 있지만, 취미에선 좀 피할 수도 있어야 하는 것 아닌가?

인생에서 피할 수 없는 지루함이 차지하는 지분은 생각보다 높았다. 특히 뭔가 성취를 얻어 내는 종류의 일은 백이면 팔십오 정도는 단순하고 반복적이고, 그래서 지루한 시간을 버텨야만 했다. 많은 사람들이 공통적으로 경험한 지루함은 학교에 있다. '주입식 암기 교육'. 고작 일곱 글자 주제에 한국 교육의 폐단을 압축해서 담고 있는 듯한 이 말은 구석구석 뜯어볼수록 기분을 상하게 하는 모양새를 하고 있다. 보기만 해도, 똑같은 교복을 입고 책상 바닥을 향해 머리를 구겨 넣은 채 밑줄을 치거나 연습장에 끄적거려 가며 뭔가를 달달 외우고 있는 학생을 떠올리게 한다.

별 생각 없이 고등학생 때까지 달달 외우며 살다가 대학에 와서야 '이런 게 혹시 배움이려나?' 하는 걸 느낀 나는 암기 교육에 썩 좋은 감정을 갖고 있지 않았다. 내가 당한 것도 당한 건데, 암기 교육이 자라나는 아이들의 초중고 시절을 망치고, 나아가 더 좋은 사회인을 양성하는 데 실패하게 만든다고 생각했다. 원래 시키는 대로 하면서 자란 애들이 대학 가서 여러 사상이나 담론 같은 걸 접하다 스위치 켜지듯 계몽당하는(?) 경우가 있다. 내가 그런 부류 중 하나였다. 교육은 외우는 것보단 이해하고 논리적으로 사고하는 게 중요하다는 걸 거의 계명처럼 받아들였다. 항상 새로운 걸 접하는 데 주력했다. C를 받아도 재수강은 지나가던 개나 주라는 자세였다. 고작 학점 한두 단계 올리기 위해 들었던 강의를 또 듣는 일은 내 사전엔 있을 수 없다고 생각했다. 그게 '참된 배움의 자세'라고 단정했다. 비록 C가 나왔을지언정 나는 수업 시간에 잘 이해했으며, 그걸로 난 이미 배운

거니까. 외우는 건 공부가 아니고 이해만이 공부라 여겼다.

그러다 이 생각을 바꾸게 된 건 아이러니하게도 역시 대학 전공 수업에서였다. 발표였는지, 조모임이었는지 기억이 불분명하다. 계기는 우리 과 수업을 들으려고 온 교육학과생의 발언이었다. 정확한 워딩은 기억나지 않는데, 교육학에서도 암기의 중요성을 가르치며, 암기는 일종의 기초공사 같은 것임에도 폐해를 강조하는 목소리가 커서 그 중요성이 간과된다는 내용이었다.

잠시간 혼란스러웠다. '뭐지, 암기 교육에 좋은 면이 있다고?' 심지어 이유도 설득력이 있었다. 암기가 기초공사 같은 거였다니. 암기식 교육을 12년간 받아 왔지만 그걸로 시험이나 볼 뿐 누구도 달달 외우는 것의 중요성을 말해 준 적이 없었다. 암기 교육의 이유를 처음으로 접하고 나서야 단어에 얹힌 부당한 감정을 걷어 내고 볼 수 있었다. 단순하고 지루할 수 있지만 다음 스텝을 위해선 꼭 필요한 것이었다.

나는 때로 단순한 것들을 너무 가볍게 본다. 실제로 해 보진 않고 대충 구조만 파악하고는 알았다고 치부해 버린다. 나의 오래된 안 좋은 습관 중 하나가 뭐든 한번 쓱 훑어 보곤 '아 이렇게? 이런 느낌?'이라고 '각'을 잡고선 '나중에 필요하면 구글링하지' 하고 넘어가 버리는 거다. 그 지식이나 기술이 내 것이 되려면 무수히 반복해 입력하는 시간이 필요함에도 겨우 10분 써 놓고는 해당 지식이나 기술을 익혔다고 생각해 버린다. 이 정도면 뇌의 일부를 핸드폰에 의탁한 거나 다름없다. 이렇게 살다가는 나중에 호머 심슨처럼 뇌가 쪼그라져도 할 말이 없다. 구글링 몇 번으로 찾은 지식이나 기술은 구글이 아는 거지 내가 아는 게 아니었음을 깨닫는 건 정말 금방금방 찾아왔다. 당장 필요할 때 제대로 쓰지 못해 어버버하다가 결국 실수하거나 고생했다. 그래 놓고 후회한다. 아, 그때 그거 좀 더 익혀 뒀어야 하는데.

뭔가를 내 것으로 만들기 위해선 단순하고, 반복적이고, 무엇보다 긴 시간을 꼭 거쳐야만 했다. 물론 영역마다 다를 순 있겠는데, 내 경험 안에서 기술을 익힐 때 가장 필요한 일은 일단 닥치는 대로 많이 해 보는 거였다.

예전에 카메라를 처음 공부할 때의 일이다. 촬영 기본 정도는 하고 싶어서 조리개와 셔터, ISO* 등의 개념을 블로그나 유튜브를 통해서 공부했었다. 눈으로 익힐 때는 어떤 개념인지 어렵지 않게 이해했다. 오호라 생각보다 쉽네. 쫄 거 없구나. 하지만 이런 자신감은 현장에서 박살이 난다. 막상 촬영 날 카메라를 잡으면 어느 다이얼을 어떻게 조작해

---

* 필름 감광도(感光度). 필름의 빛에 대한 민감도

야 할지, 지금 환경에 맞는 세팅은 무언지 감을 전혀 잡을 수가 없었다. 블로그와 유튜브에서 본 것과 조금만 달라도 손댈 수가 없었다. 조명 치는 동안 기본 세팅이라도 도와주려고 카메라를 꺼낸 건데, 어버버하다가 결국 촬영 담당하는 친구에게 다시 돌려주곤 했다.

그나마 조금이라도 카메라에 대한 감을 잡은 건 내 카메라를 사서 들고 다니면서부터였다. 핸드폰으로 대충 툭 찍어도 될 걸 굳이 카메라를 꺼내고 그것도 수동으로 조작해 가면서 사진이나 영상을 찍어 보곤 했다. 이 단순한 일을 수도 없이 반복하고, 그 시간들이 닥치는 대로 쌓이다가 어느 순간에 몸과 기억에 압인된다. 이때부턴 이 영역에 해당하는 작업을 할 때는 생각을 안 하게 된다. 판단 절차를 생략하고 손이 기억하는 대로 단축키를 누르고, 순서에 맞게 일을 진행하게 된다. 이때가 비로소 지식과 기술을 자기 것으로 만들어 낸 시점이다. 기술과 지식도 자전거를 타듯 몸에 익어야 한다는 걸 너무, 너무 늦게 알았다.

응용이나 창의성은 이 단계를 넘어서야 겨우 만나 볼 수 있다. 사실 창의성이라는 것도 대체로는 완전히 새로운 걸 만들어 내기보다 기존에 있는 걸 응용하다가 넘어서는 식으로 구현되는 것이다 보니, 기존 것들을 얼마나 익숙하게 할 수 있느냐의 영향을 많이 받는다. 그러니까 단순한 작업은, 몸에 행동을 새겨 넣듯 익혀 생각이 들어갈 필요가 없는 상태로 만들어 냄으로써 보다 중요한 일에 생각이라는 주요 자원을 많이 할당하게 도와주는 일이었던 셈이다.

얼마 전에 동대문디자인플라자(DDP)에서 살바도르 달리 전을 관람했다. '괴짜 천재'라고 불리는 살바도르 달리. 사실 나는 워낙에 교양이 없어 예술 작품을 봤을 때 어떤 아우라 같은 걸 느낀 적이 거의 없다. '음 그림이군' 정도의 생각을 하면서 작품 감상 줄을 따라가다가 나온 게 대부분이다. 살바도르 달리 전도 비슷했다. '창의적이라고 하는 작품은 대체로 뭔가 막 그린 것 같던데 생각보다 잘 그렸군.' '어디서 본 것 같은 느낌이 안 나긴 한다. 뭘 의미하는지는 잘 모르겠지만 상상력이 대단하다.' 처음에는 그림에 담긴 의미를 열심히 읽어 내려고도 해 봤지만 실패했다. 전시 1/3 지점에서 아예 이해를 포기하곤 잡생각에 빠졌다. 전시를 보러 온 이 많은 사람들은 이걸 다 알고 보나? 거참 교양 있는 분들 많네. 우리나라에 교양 있는 사람이 이렇게 많았다니 그것도 신기한 일이다. 그나저나 내 앞에 있는 사람 아무리 봐도 <쇼미더머니>에 나온 래퍼인데 실물 보니 신기하다. 가사 잘 쓴다더니 이런저런 문화를 접하고 살아서 그런 걸까. 아 살바도르 달리가 독재자를 옹호한 적도 있어? 이

상한 놈이네. 지금 중간 정도 지난 것 같은데, 밖에 나가면 점심시간이고 배고플 것 같은데 뭐 먹지. 율곡로까지 나가면 닭한마리 맛집이 있는데 걸어가기엔 애매하게 먼 것 같기도 하다. 차라리 동대 쪽으로 나가서 옛날 직장 근처의 우즈베키스탄 음식점을 가는 게 어떨까.

한참 제멋대로 흘러가는 잡생각에 빠져 있는데 벽에 걸려 있는 것 중 하나가 시선을 확 잡아끌었다. 표 형태로 된 일종의 메모로 예술 작품은 아니었다. 살바도르 달리는 이 표에 자신을 포함, 레오나르도 다빈치, 벨라스케스, 모네, 몬드리안 등 역대 거장들을 세로축에 모아 놓고 가로축엔 기법, 영감, 색조, 데생, 천재성, 구성, 독창성 항목을 배치해 점수를 매겨 놨다. 최저는 0점, 최고는 20점. 몬드리안에겐 무슨 악감정이라도 있는지 대부분의 항목에서 빵점을 준 것도 인상 깊었고, 자신감이 얼마나 대단한지 본인에게 평가가 후한 것도 재미있었다. 그러나 제일 인상 깊었던 건 이 표에 대한 설명이었다. 독창적인 천재라고 불리는 달리도 자신만의 화풍을 만들기 위해서 수많은 대가의 작품을 철저히 분석하고 모방하는 노력의 시간을 거쳐 왔다는 내용이었다.

살바도르 달리는 "아무것도 모방하려 하지 않는 사람은 아무것도 만들어 내지 못한다"라는 말을 한 적이 있다. 또

한 "미술사 거장들처럼 그리고 칠하는 법부터 배워라. 그리고 그다음엔 마음대로 하라. 그리하면 유명해질 것이다"라는 말도 남겼다. 실제로 달리는 역사 속 대가들의 화풍을 수도 없이 따라 하며 연습했다고 한다. 어린 시절 색칠 공부도 한 장을 넘어가면 온몸을 꼬아 가며 삐죽빼죽 칠해 놓았던 내가 보기엔 너무도 지루한 일이다.

'독창성'이라는 말을 사람으로 만들어 놓은 것 같은 달리도 이렇게 노력하고, 노력으로 얻어 낸 단단한 기본기를 바탕으로 창의성을 발휘했다. 하물며 나처럼 평범한 사람들은 지루함을 좀 더 기꺼워할 필요가 있다.

사는 건 게임에서 경험치를 쌓고 스킬을 찍는 것과는 다르다. 게임 속 캐릭터는 성장이 눈에 보이지만 사람은 그렇지 않다. 쌓아 온 경험이나 성취가 눈에 보이지도 않고 체감되지 않을 때가 많다. 그래도 엇비슷한 일들을 깎고 다듬고 조립하는 일을 무수하게 반복해 가다 보면 알게 모르게 쌓인다. 하다못해 로봇을 조립할 때도 그렇다. '얇은 부품은 다듬을 때 칼을 가능한 한 눕혀 쓰는 게 좋다', '관절 부품을 조립할 땐 살살 힘을 올려 가면서 조립해야지, 확 밀어 넣으면 부품에 금이 갈 수 있다', '스티커를 조금 더 잘 붙여 보겠다고 자꾸 손대다간 오히려 찢어질 수 있다' 등. 그냥 설명서대로 부품을 떼고 조립해서 만드는 일이라고만 생각했을 땐 알 수 없는 것들이다.

　단순하고 지루한 부분을 덜 미워하고 잘 참아 내 버릇해야지. 수많은 반복 작업과 경험으로 실력을 만들고, 익히는 과정을 통해 더 멋지고 재밌는 작업으로 넘어갈 수 있는 발판을 마련해야겠다. 그러니 일단 어제 미뤄 둔 로봇 팔 두 쪽부터 마저 만들어 보는 걸로.

그깟 취미가

취미는 '장비빨'

페이스북에서 이것저것 클릭하다 보게 된 기사라 출처는 정확히 기억나지 않는데, 현명하게 돈을 쓰는 방법에 대한 것을 본 적이 있다. 뻔하게 설명했다면 한 귀로 듣고 그대로 한 귀로 흘려보냈겠지만, 맘에 꼭 들었던 논리여서 아직도 기억한다. 아니, 기억하는 정도를 넘어서 어디 가서 소비에 관해 이야기할 때마다 전도하는 사람처럼 "아니~ 내가 인터넷에서 봤는데~" 하며 이 논리를 설파한다.

기준은 간단하다. 해당 물건과 함께하는 시간이 많을수록 돈을 더 많이 쓰라는 거다. 그럴수록 체감하는 효용이 더 커진다더라. 생각해 보면 자원을 중요한 곳에 우선 배치하라는 얘기이니 굉장히 합리적이다. 그럼 이 기준을 따를 때 일반적으로 돈을 많이 써야 하는 곳은 어디가 되는가? 기사에서 예시로 든 물품의 항목은 침대, 의자, 책상이었다. 하루 몇 시간은 누워 있는 침대와 하루 몇 시간은 앉아서 일하는 의자 및 책상에 돈을 많이 쓴다면 그만큼에 해당하는

긴 시간 동안 훌륭한 환경에서 쾌적하게 지낼 수 있게 된다.

이 명제에 꽤 감탄했던 나는 업무 시간과 취미 시간 모두에 헌신하고 있는 노트북에 큰돈을 쓰기로 마음먹은 뒤 곧바로 실행에 옮겼다. 마침 당시 다니던 회사에서 보급형 노트북을 지급받을지, BYOD(Bring Your Own Device, 자기 노트북 쓰기) 방식으로 월 지원금을 받아 갈지 선택하라는 안내를 준 이후였다. 보급형을 받아 쓴다는 옵션은 거들떠보지도 않았다. 지원금도 나오겠다, 고급형 노트북을 살펴봤다. 일주일은 고민한 뒤 디자인과 기능적인 측면에서 가장 마음에 든 모델을 구매했다.

시간 점유율에 따라 돈을 써야 한다는 논리는 내 생활에도 기가 막히게 맞아 들었다. 일을 하려고 노트북을 꺼내면 일차적으로 돈을 충분히 썼음을 알려 주는 재질과 외부 마감, 디자인, 향기(원래 비싼 노트북에선 좋은 냄새가 난다)가 나를 반겼다. 뚜껑을 들어 올리면서 느껴지는 부드러움, 고급스러운 내부 마감이 이차적으로 마중을 나온다. 일을 시작하면 급이 높은 제품에 내장된 옵션 기능들이 작업의 편리함을 도왔다. 회사에서 주는 보급형 노트북을 그냥 사용했다면, 아마 나는 일을 하는 동안 내 노트북과 회사 지급 노트북 가격 간 차액인 80만 원어치만큼 일이 하기 싫다고 생각했을 거다.

그런데 논리만을 앞세우면 취미 용품은 설 자리가 없다. 일상에서 일과 생활이 차지하는 압도적인 시간 비중에 비해 취미가 점하고 있는 시간은 일주일에 10%도 안 될 때가 다반사다. 눈 뜨면 일하러 갔다가 돌아와 뻗기 바쁜 직장인에게 취미 활동은 하루 한두 시간 할 수 있을까 말까다. 주말엔 주중에 미뤄 둔 집안일을 하고, 주중에 소모한 에너지를 충전해야 해서 취미에 시간을 꼬박꼬박 쓸 수 없다. 그렇다고 즐겁자고 하는 취미에 너무 돈을 안 쓸 수도 없는 노릇. 어떻게 하면 취미 용품 구매를 합리화할 수 있을까 생각하다가 좋은 핑곗거리를 생각해 냈다. 이 물건이 앞으로 점유할 것으로 예상되는 시간을 구매 당시에 반영하는 거다.

취미 관련 물품은 한번 사면 대체로 꽤 오래 쓴다. 지금 당장은 일주일에 한두 시간이라고 해도, 일주일이 한 달이 되고, 한 달은 1년, 2년이 된다. 장비는 앞으로 마주하게 될 그 모든 즐거운 시간을 더욱 즐겁게 보낼 수 있도록 도와준다. 물론 취미가 바뀌지 않고, 장비도 업그레이드하지 않는다는 사소한 전제조건이 붙긴 하지만, 어쨌거나 앞으로의 시간에 돈을 쓴다고 생각하면 합리적 소비가 된다.

프라모델을 처음 시작할 때는 이 취미가 오래갈 것이라고 생각을 못 해서 비싼 장비를 쓰지 않았다. 오히려 장비에 돈 쓰는 걸 조금 아까워했다. 저렴한 니퍼, 갖고 있던 문구용 커터칼, 스티커 붙일 때 쓸 핀셋 하나씩만 갖고 시작했다. 건프라는 가격이 그렇게 비싸지 않은 편이라서 2~3만 원이면 키트 하나를 살 수 있다. 니퍼 하나에 3만 원이라고 하면 '그 돈이면 나는 장난감 하나 더 살 것 같은데…' 하는 생각이 새치기하듯 끼어들었다. 한참을 싸구려 니퍼 하나로 작업했다.

저렴한 니퍼를 쓰면 부품을 떼어 낼 때 깔끔하게 안 떨어진다. 그러면 길로 다듬을 때 부품 자국 제거에 좀 더 시간을 쏟아야 한다. 시간은 시간대로 걸리고, 안 그래도 조그만 부품을 보느라 구부정한 자세를 더 오래 유지하다 보니 온몸이 뻐근하고 허리도 아팠다. 그래도 딱히 불만은 없었다. 결핍이 만드는 불만은 더 나은 대안을 체험한 이후에나 찾아온다. 더 좋은 도구의 세계를 느껴 보지 못했으니 내가 지금 얼마나 안 좋은 걸로 놀고 있는지 알 턱이 없었다.

그러던 어느 날, 점심 먹고 회사 근처에 있는 프라모델 매장에 간 적이 있다. 입구 쪽에 테스트용 프라모델 전용 니퍼와 자르는 데 쓰라고 둔 벌크 런너가 있길래 한번 잡아 봤다. '뭐 대단히 다른가?' 니퍼질 한번 하고 깨달았다. '오… 대단히 다르네?' 원래 내가 쓰던 장비는 니퍼질을 할 때마다 부품을 딱딱 끊어 내는 느낌이었는데, 프라모델 전용 니퍼는 플라스틱을 석석 잘라 내고 있었다. 딱딱한 플라스틱이 아니라 왕꿈틀이 같은 젤리를 잘라 내는 것 같았다.

　한번 좋은 것을 경험하면 덜 좋았던 과거로 돌아가기가 어렵다. 다음에 매장에 다시 찾아가 일반적으로 쓰이는 것 중 두 번째로 비싸다는(제일 비싼 '궁극니퍼'는 6~7만 원으로 장난감 두 개 살 돈이라 차마 거기까진 못 갔다) '타미야 금딱지 니퍼'를 3만 몇천 원 주고 샀다. 사고 나니 취미 생활의 퀄리티가 달라졌다. 부품이 부드럽게 잘리면서 조립에 재미를 더했다. 깔끔하게 잘리니 다듬는 시간이 줄어 더 빠르게 장난감을 완성할 수 있었던 건 덤이다. 이후로 필요하다 싶은 장비들을 하나둘 추가했다. 일일이 선을 그어 칠하는 게 아니라 흘려 넣는 식으로 빠르고 깔끔하게 먹선*을 넣을 수 있는 '패널라인 엑센트', 일반 커터칼보다 예리한 날이 필요한 작업에 쓰는 '아트 나이프', 미세한 스티커를 깔끔하게 잡을 수 있는 '정밀 핀셋' 등도 생겼다. 장비들은 취미 생활에 자잘한 재미들을 더해 줄 뿐 아니라 완성물의 퀄리티도 훨씬 높여 줬다.

　취미용 장비들은 필요에 꼭 맞춰진 형태와 재질을 갖고 있다. 일상적으로 생기는 필요가 아니다 보니 생활하면서 접하는 물건들과는 전혀 다르게 생겼다. 이질적인 재질과

* 몰드 등 디테일을 잘 보이게 하기 위해 부품 표면에 칠하는 선

모양, 작동 방식에서 오는 멋짐이 있다. 프라모델을 제작하기 위해 쓰는 각종 도구를 툴박스에 한데 넣어서 보면 미술 시간에 쓰는 공예 도구인 듯, 집안일에 쓰려고 사 둔 공구인 듯 그 중간 어디쯤의 느낌을 주어 보는 재미가 있다. 프라모델을 만들기 위해 장비를 늘어만 놔도 본격적으로 뭔가 하는 느낌을 받는다.

옆지기의 취미는 뜨개인데, 실과 바늘만 있으면 되는 줄 알았더니 이쪽 장비도 꽤 살벌했다. 코바늘이란 것과 대바늘이란 게 따로 있을 뿐만 아니라, 뜨개에서의 코의 크기에 맞춰 바늘이 종류별로 있어야 해서 각각 지름별로 열댓 개씩 있다. 바늘들이 가지런히 꽂힌 바늘집은 꼭 침술 고수의 바늘 세트를 보는 듯하다.

바늘은 시작에 불과하다. 실을 감아서 원형 뭉치로 정리하는 장치, 실뭉치가 원활하게 풀리도록 실뭉치를 고정하는 '얀 버틀러'(글을 쓰면서 이름을 물어봤다가 몇 번을 못 알아 먹고 되물었다), 뜨개 중 코 수 세는 걸 도와주는 '단수링'이라는 것과 '카운터'라는 것도 있다. 뜨개 도구에는 아기자기하면서도 포근한, 뜨개만의 분위기 같은 게 담겨 있다. 취미 장비들이 취미 특유의 분위기를 내는 게 신기하다.

취미 장비엔 마법 지팡이 같은 매력도 있다. 장비가 없을 땐 한참 끙끙대며 고생하던 문제들이 장비의 등장과 함께 뚝딱 해결된다. 전용 도구만의 멋짐이다. 예전에 만들었던 건담 중에 고질적으로 팔 관절이 빡빡하게 나온 '유니콘 건담'이라는 제품이 있었다. 얼마나 부품이 빡빡하게 맞물리는지 잘못 만지면 바로 플라스틱이 찢어진다는 글이 있을 정도였다. 커뮤니티에서 조립하다가 하나 해 먹었다(?)고 올라온 가슴 아픈 인증 글을 하도 많이 봐서 조심히 조립하려고 했는데, 나도 딱 끼우자마자 느낌이 왔다. '아, 이거 여기서 잘못 돌리면 이 작은 부품을 새로 구매하기 위해 지난하고도 비싸고 귀찮은 시간이 찾아올 것 같다.' 그래서 내가 뭘 해 보겠다는 객기를 부리지 않고 거기서 딱 손을 뗀 뒤 '실리콘 루브리컨트'라는 물건을 주문했다. 일종의 플라스틱용 윤활유다.

실리콘 루브리컨트를 택배로 받은 뒤 연결부에 칙칙 뿌렸는데 꽉 물려 있던 부품들이 곧바로 부드럽게 풀리는 걸 보고 얼마나 신기하던지. 생긴 건 꼭 작은 모기약 스프레이 캔같이 생겼는데, 그 스프레이 통이 다 멋져 보였다. 취미 장비들은 고작 도구일 뿐인데도 꼭 전문가같이 보일 때가 있다.

취미용 장비를 하나씩 갖출수록 취미의 세계에 더 젖어든다. 게임에 현질해서 좋은 아이템을 사는 것과 같다. 처음엔 돈이 좀 아깝나 싶지만 쓸수록 잘 샀다 생각하게 된다. 고

수는 장비를 탓하지 않는다지만 나는 고수도 뭐도 아니다. 그저 시간 조금 내어 겨우 취미 활동을 즐기는 직장인일 뿐인 걸. 즐겁자고 하는 일인데 멋진 장비의 멋진 도움을 받으면 뭐 어떤가 싶다. 취미는 '장비빨'이니까.

너무 리얼한 건 매력이 없다

리얼리티라는 단어에는 매우 애매한 부분이 있습니다만, 결국 최대한 실제 물건처럼 보이도록 거짓말을 하는 거라고 생각합니다. 왜냐하면 리얼리티만 지나치게 추구하다 보면 굉장히 재미없는 물건이 돼 버리거든요. (웃음)

_이시이 마코토, 『MG 건프라이즘』 p.95(한스미디어, 2013)

『MG 건프라이즘』은 반다이가 왜 MG(Master Grade)라는 등급의 건프라를 도입하기로 결정했는지, 기술적인 측면과 사업적인 측면을 두루 살피며 풀어낸 책이다. 위에 인용한 멘트는 마스터 그레이드의 기획자인 가와구치 가쓰미가 건프라 제작 시에 금형 제작 단계에서 각부 디테일을 채우는 작업을 어떻게 하는지 설명할 때 나온다.

MG 건프라는 '리얼'이라는 단어와는 거리가 매우 먼 건담 로봇의 스케일 모형에 '리얼 로봇'이라는 틀을 덮어씌우는 데 큰 공을 세운 등급의 프라모델이다. 애니메이션에서 나온 로봇의 겉모습을 입체로 구현하는 데 집중하는 HG 등급의 건프라와 달리, MG 등급의 건프라는 실제로 존재할 것 같은 로봇을 입체로 보여 주는 데 주력한다. 여느 기계처럼 프레임에 외장을 씌우는 식으로 만들기도 하고, 곳곳에 실린더나 동력선, 흡기구, 방열판 같은 디테일로 꽉 채워져 있기도 하다. 마치 건담 로봇이 실제 동력으로 움직이는 기계 모형인 것처럼 상상하고 만들어 놨다.

이족 보행 전투 로봇은 상상력의 산물이고 여러모로 구현이 어려운 녀석이지만, 이런 디테일이 붙는 로봇 모형에는 사실감이 같이 붙는다. 건담이 무릎을 접을 때는 프레임을 잇고 있는 실린더가 연동하지 않을까, 과열을 방지하기 위해서 이즈음에 방열판이 붙진 않을까, 로봇의 두부 쪽엔 카메라 센서 같은 게 하나 달려 있어야 하지 않을까…, 이런 고민들이 플라스틱에 양각과 음각으로 새겨진다.

우리가 현실에서 만나는 기계들의 내부는 하나같이 복잡하다. 복잡함엔 이유가 있다. 몇 개인지도 잘 안 보이는 선들은 전부 필요한 무언가들을 이으며 제 위치에 꽂혀 있다. 헛도는 기어는 없고 다들 제자리에서 제 역할을 하며 맞물려 돌아간다. 여기저기 박혀 있는 나사는 각자가 필요한 것들을 꽉 물어 붙잡고 견고함을 형성한다. 이렇게 우리가 발 딛고 있는 현실은 현실을 구현하기 위한 각종 조각들로 구석구석 차 있다.

MG 건프라의 디테일은 이렇게 빽빽한 디테일로 가득한 현실을 닮으려는 시도다. 상상의 산물인 로봇이 굳이 현실을 닮아 보려는 건 콘텐츠에 대한 흡입력을 높이기 위해서다. 현실에 발 디디고 있는 거짓말일수록 강력하다. 픽션을 만드는 소설가들은 작품에 들어가기 전에 취재를 굉장히 열심히 한다. 필요한 곳이면 직접 가 보고, 인터뷰도 진행하고, 소설 속 주 무대가 되는 장소에 머무르며 생활을 해보기도 한다. 사실을 전달하는 기자처럼 일하는 부분이 있다. 픽션을 쓰는 사람들은 이렇게 얻은 디테일을 바탕으로 세상과 닮은 허구의 세계를 구성한다. 이야기가 진짜 같을수록 이야기 속 인물들의 매력이 올라가고 독자를 더 몰입시킬 수 있다.

그런데 왜 가와구치는 "지나치게 리얼리티를 추구하는 게 재미없는 일이 된다"고 했을까. 아마 건담 시리즈 같은 콘텐츠에서 지나치게 리얼함을 챙기다간 이야기의 재미 자체를 허물어 버릴 수 있다는 말이 아니었을까 생각한다. 리얼 로봇물을 표방하는 건담이지만, 현재의 기술에서 이족보행의 로봇이 전쟁병기로 설 수 있는 자리가 없다는 건 상식이다. 두 발 달린 로봇은 전투기와 탱크, 전함 같은 것보다 활용성이 훨씬 떨어진다. 현대전에서 로봇의 영역이 넓어지고 있긴 하나, 무인조종 드론 같은 형태로 집약되는 추세다. 밋밋한 글라이더같이 생긴 드론은 머리가 달린 이족 보행 로봇과는 생긴 것부터 한참이나 거리가 멀다. 두 발이 달린 로봇은 비행기 형태의 드론보다 빠를 수도 없고 바닥에 캐터필러와 지지대를 디디고 움직이는 탱크보다 안정성도 낮다. 리얼만 좇다 보면 건담이라는 로봇은 성립 자체가 안 된다. 사실의 디테일이 중요해도 이야기의 힘을 유지하면서 끌고 나가는 게 더 중요하다.

이렇게 없을 법한 소재를 다루어 실제처럼 여기도록 디테일을 챙기는 콘텐츠가 있다면, 다른 한편으로는 실제에 기반하되 '리얼함'을 일부 삭제해 매력도를 높이는 콘텐츠들이 있다. 내가 한때 즐겼던 게임인 〈배틀그라운드〉는 여태까지 나왔던 그 어떤 게임보다 현실감을 잘 살린 배틀로얄 장르의 게임이라는 평가를 받는다. 사실감을 높이기 위해서 현실에서 사용되는 총기를 최대한 실감 나게 구현해 놨다. 실제 총기의 발사음을 따서 사용하고, 총알이 나갈 때는 물리법칙을 반영해 탄도학을 적용해 놨다. 하지만 총알에 맞아 죽는 방식은 현실과 거리가 멀다. 실제 사람은 총알 한 방을 몸통 어디에 맞더라도 쉽게 움직일 수 없게 되지만, 이 게임에서는 꽤 강력한 총으로 정확하게 머리를 맞아야 죽을까 말까다. 총을 몇 방 맞더라도 죽지 않으면 화려한 무빙을 자랑하며 뛰어다닐 수 있다. 총알을 여러 발 맞는다는 건 현실에선 관짝에 들어가지 않았을 뿐 산송장과 다름없는 상태일 텐데 게임에서는 쓰는 데 5초 정도 걸리는 구급 상자 사용으로 상태가 회복된다. 이쯤이면 구급상자가 아니라 마법상자라고 부르는 게 옳다.

그렇다고 해서 현실 세계 총기의 위력을 게임에 그대로 작용하면 게임의 플레이 밸류는 형편없는 수준으로 떨어진다. 몸통 아무 곳이나 맞추면 쓰러질 테니 애써 쌀알만 한 크기의 머리를 조준할 필요도 없고, 한 번의 조준으로 여러 발을 맞추기 위해 총의 반동을 잡는 컨트롤이 중요해지지도 않는다. 죽을 위험을 무릅쓰고 위력이 더 센 총을 찾아다니는 일도 안 하게 된다. 이랬다면 아무리 리얼함을 앞세워 인기를 얻은 <배틀그라운드>라도 지금 같은 인기를 얻을 수는 없었을 테다. 콘텐츠는 재미있어야 하고, 재미를 상실하면 가치를 잃는다.

게임만 그럴까, 유튜브에도 적당한 선에서 리얼함을 만들어 챙기는 영상이 많다. 숨만 쉬면 조작을 해 대는 일부 유튜버들을 말하는 건 아니다. 비디오로 일상을 기록하는 브이로그, 여행 유튜브, 캠핑 유튜브 등에서도 연출된 장면을 생각보다 많이 집어넣는다. 도로에서 어딘가로 멀어지는 장면 같은 것. 한참 작아지는 것으로 장면은 끝나지만 당연히 설치한 카메라를 가지러 걸어간 만큼 다시 돌아와야 한다. 자는 장면, 자다가 뒤척이는 장면, 일어나는 장면 모두 찍을 때 잠깐 카메라 켜 놓고 눈 감고 자는 척하는 컷을 몇 초간 따서 만들어 내는 영상이다.

드라마나 영화를 즐기다 보면 접하게 되는 '고증'의 문제도 '리얼하지만 너무 리얼하진 않은' 중간점을 찾는 노력이다. 극에선 복장이나 물건 등을 최대한 상황에 맞게 챙기지만, 몰입을 방해할 땐 현실 고증이라고 해도 과감하게 삭제 또는 무시한다. 2022년 여름에 개봉한 <탑건: 매버릭>에선 전투기를 몰고 있는 조종사들의 얼굴과 표정이 훤히 보인다. 우리가 다큐 등에서 접했던 조종사들의 바이저가 시커먼 색이라 얼굴이 전혀 보이지 않는다는 걸 생각하면 디테일을 무시한 장면이라고 지적할 수 있겠다. 하지만 제작진이 고증을 철저히 지켜서 만든다고 했을 때, 우린 긴박한 상황에서 전투기를 모느라 중력을 이겨 내며 고군분투하는 톰 크루즈의 얼굴을 볼 수가 없다. <탑건: 매버릭>은 잘 만든 블록버스터지 다큐가 아니다. 관객의 몰입을 위해 의도적으로 현실을 무시한 장면이라고 하겠다.

이렇게 대부분의 콘텐츠는 작위의 장치들을 마련해 놓는다. 적재적소에 들어간 무수한 작위들이 부드러운 콘텐츠 소비 경험을 완성시킨다. 작위의 장치들은 부작위의 미

그깟 취미가

를 배가한다. 오히려 적당한 거짓말이 사실감과 몰입감을 높인다니 재밌는 부분이다. 어디서든 적당한 거짓말은 필수인 걸까?

일부러 좀 망가뜨렸습니다

리얼해야 더욱 매력적인 것도 있다. 건담 프라모델의 리얼함을 더하기 위해 모델러들은 프라모델을 일부러 망가뜨리기도 한다. 전투에 나선 로봇이 상처 하나 없이 새것처럼 깨끗할 순 없다는 점을 모형에 반영하는 거다. 이때 '웨더링'이라고 해서 세월의 흔적이나 녹슨 것 같은 자국 등을 표현하는 기법이 쓰인다. 기존 밀리터리 계열의 프라모델에서도 자주 활용되는 방식이다. 갈색 계열의 물감이나 파스텔, 또는 먼지 등을 활용해 표면이나 부품 모서리를 더럽게 표현한다. 간혹 탄흔 등을 표현하고자 송곳이나 칼, 니퍼 등으로 부품의 몇몇 부분을 파손시키기도 한다.

로봇 얼굴 생긴 걸로 싸우는 사람들

프라모델 커뮤니티를 자주 들어간다. 아무래도 관련 정보가 가장 빨리 올라오는 곳이기도 하고, 멋진 완성작을 보는 재미도 있고, 내가 사려는 제품의 리뷰 등 참고 차원에서 봐야 할 것들도 많다. 출퇴근길에 잠깐, 심심하거나 일에 집중이 안 된다 싶으면 들어가서 뭐 올라온 것 없는지 기웃거린다.

유용한 정보 외에도 취미인들의 잡담과 애환을 구경하는 맛도 있다. 보고 있으면 같은 취미를 가진 사람으로서 피식할 수 있는 글이 많이 올라온다. '조립하다가 뿔이 부러졌다', '와이프한테 프라모델 하나 사는 거 허락받았는데 뭘 사면 좋겠는지 추천을 해 주면 좋겠다', '지금 용산 건베(건담 베이스, 건프라 공식 판매 매장)에 물건 4개 남아 있으니까 빨리 사실 분들 가시라' 등. 이렇게 관찰하다가 재밌는 걸 하나 봤다. 나이 지긋한 아저씨들이 새로 출시되는 뉴건담 건프라의 얼굴 생긴 걸로 싸우기 시작한 거다.

뉴건담. 건프라가 취미인 사람이라면 모를 수가 없는 이름이다. 건담 시리즈 중에서도 인기 있는 〈역습의 샤아〉 시리즈, 게다가 가장 인기 있는 주인공 '아무로'가 마지막에 타는 로봇이다. 몇 년 전에 일본에서 실시한 건담 인기투표에서 1등을 차지할 정도니 말 다했다. 올타임으로 따져도 다섯 손가락 안에는 무조건 들고, 세 손가락 안에도 들어갈 만한 인기 기체다. 혹자는 뉴건담을 반다이 파산을 막는 '최종 방어 라인'이라고도 부른다. 반다이가 망할 것 같을 때 뉴건담의 신규 모형화 제품을 만들어 내면 불티나게 팔린다는 소리다. 웃으라고 하는 말이긴 한데, 아무튼 인기가 상당하단 건 이론의 여지가 없다.

시장은 수요와 공급으로 돌아간다. 인기가 많은 로봇은 건프라로 바로바로 제품화된다. 그런데 이 뉴건담은 그 인기에 비해 프라화가 그렇게 빠르게 되진 않는 편이다. 인기에 걸맞은 품질을 챙겨야 해서다. 이렇게 많은 사람이 좋아하는데, 그 장난감의 품질이 낮다는 건 돈이 아니라 정말 많은 사람의 화를 버는 일이다. 세상엔 안 하느니만 못한 일이 상당히 있는데, 이 장난감을 대충 만들어 낸다는 게 거기 속한다. 무조건 최고의 품질로 나와야 하므로 기술력이 충분히 뒷받침될 때 신규 모형화가 이뤄진다.

현재 반다이가 가장 주력하는 등급은 아무래도 작은 크

기에 정밀함을 크게 늘린 RG 등급이다. 그런데 뉴건담은 RG 등급의 라인업이 전개되고 제품이 스무 개가 넘게 나오는 동안에도 소식이 없었다. 뉴건담을 충분한 품질로 구현하기에 한참이나 기술력이 부족했던 거다.

그러다 2019년, 라인업이 전개되고 십여 년이 지나 뉴건담이 드디어 RG 등급으로 나온다는 예고가 떴다. 커뮤니티는 흥분한 아저씨들로 만선이었다. 아주 약간이라도 RG 뉴건담을 짐작할 수 있는 정보는 커뮤니티에 속속 올라왔고, 사람들은 빨리 나와 지갑을 털어 달라는 류의 댓글을 남겨 기대를 표했다. 전시용 하나, 조립용 하나 두 개를 사야겠다는 사람은 흔했고 여건 되는 대로 쟁여 놔야겠다는 사람도 많았다.

그런데 이 뉴건담의 외형 이미지가 처음 공개됐을 때, 커뮤니티 댓글에서 뭔가 미묘한 분위기가 감지됐다. 여전히 대세는 '빨리 나왔으면 좋겠다' '지갑을 털어 달라'였지만, 중간중간 '머리가 생각했던 것보다 작네요', '다리가 조금 긴 것 같네요', '상체가 짧은 게 조금 아쉽네요' 같은 댓글이 섞였다. 철든 어린이가 크리스마스 선물 포장을 푼 뒤에 크레파스 같은 걸 마주하고 애써 아쉬운 마음을 감추며 "와 너무 좋아요" 하는 것 같았다. 아저씨들도 나이만 먹었다뿐이지 비슷했다. 아쉬운 마음을 감추려고 하지만, 끝내 감추지 못하고 손끝을 거쳐 삐죽삐죽 키보드를 통해 댓글로 툭툭 내보였다.

다년간 프라모델 커뮤니티를 관찰한 경험으로 아는 건데, 프라모델 커뮤니티엔 일종의 불문율 같은 게 있다. 커뮤니티 공지 같은 걸로 만들어지는 규칙이 아니라 자연스럽게 형성된 상식이랄까, 이 바닥의 윤리 같은 개념이다. 그중 하나가 정말 누가 봐도 기대 이하로 나온 물건이 아니면 새 제품이 출시되는 경사에 찬물을 끼얹어서는 안 된다는 거다. 로봇 프라모델을 취미로 하는 사람의 대부분은 자기가 좋아하는 기체가 모형화되기를 누구보다 바라 마지않는 사람들이다. 프라모델이 무슨 몇십 만 원짜리도 아니고(그런 것도 꽤 있긴 하다) 돈이 없어서 못 산다기보다는 세상에 없어서 못 사는 사람들이 훨씬 많다. 제조사에서 찍어 주는 걸 기다려 가며 사는 사람들이다. 모형화가 됐다는 것 자체가 일종의 경사인데 그 분위기를 깨는 건 안 될 일인 거다.

하지만 이번 사태가 좀 달랐던 건 새로운 뉴건담에 환호하는 사람도, 불만을 드러내는 사람도 모두 뉴건담을 너무 좋아하는 사람이라는 점이었다. RG 뉴건담에 달린 악플은 내가 너무나도 좋아하는 제품이 맘에 안 들게 나온 게 아쉽다 보니 표출된 것이었다. 정보가 공개되면 공개될수록, 아쉬움을 참지 못한 사람들이 한마디씩 거드는 목소리가 커졌다. 안면부가 너무 짧다, 상·하체 비율이 이상하다, 애니메이션은 이렇지 않다고 말하는 사람이 조금씩 많아졌다. 커뮤니티에선 국지전의 양상이 보이기 시작했다.

못생겼다, 글쎄 뭐 그런 느낌은 아니었다. 뉴건담에 별 관심 없었던 내가 보기엔 새로운 뉴건담이 예전에 모형화된 제품보다 오히려 더 잘생겨 보였다. 비율도 더 좋았고, 세련된 느낌이었다. 그렇지만 애니메이션 속 뉴건담을 추억하는, 뉴건담에 진심인 일부 아저씨들은 그렇지 않았나 보다. 불만의 목소리는 조금씩 더 커졌다. 실물 샘플의 이미지가 공개되자, 포토샵으로 기존 뉴건담 모형의 얼굴을 합성하거나 다리 길이를 조정하는 등 사진을 수정하기도 했다. 아무래도 이게 낫지 않냐고 동의를 구하면, 아 역시 이쪽이 편안하다면서 맞장구를 치는 사람들이 속속 나타났다. 상황이 이렇게 되자 새로운 버전의 뉴건담이 맘에 들었던 사람들, 뉴건담 출시라는 경사에 찬물을 끼얹는 사람이 싫었던 사람들은 '이게 싫으시면 옛날에 나왔던 거 사면 되는 거 아니냐'며 날 선 반응을 보였다. 댓글 창엔 전운이 감돌았다.

아니 고작 로봇 얼굴 생긴 걸로 다 큰 어른들이 싸울 일인가? 디자인이라는 거 사실 취향이라면 취향인데 취향 존중은 왜 안 되는 걸까 생각할 수도 있다. 하지만, 모든 종류의 취향은 미적인 판단의 문제와 연결되기 때문에 논쟁은 필연적이다. 이게 로봇 얼굴이라서 로봇에 관심 없는 사람이 보기에 '에이 뭐 그런 거로?' 싶은 거지, 본인의 취향과 관련된 문제로 들어오면 생각보다 많은 사람이 진지해진다.

먹는 쪽만 봐도 부먹과 찍먹, 민초 대 반민초, 솔의눈, 데자와, 평양냉면 호불호 등 당장 떠오르는 것만도 이 정도다. 우리나라만 유난히 먹는 거로 이러나 싶지만 꼭 그런 것도 아니다. 해외엔 파인애플 피자가 있다. 아이슬란드 대통령은 파인애플 피자를 법으로 금지하고 싶다고 얘기했고, 고든 램지는 파인애플을 피자 위에 올리는 건 범죄라고 말하기도 했다. 글쎄 나는 대체 왜 산뜻한 과일을 뜨끈하게 만들어서 피자에 얹어 먹는지 도통 이해는 안 되지만, 좋아하는 사람들은 같이 먹을 피자 세 판 시키자고 하면 꼭 한 판은 그걸 끼워 넣는다.

취향 논쟁은 유구한 역사를 갖고 있고, 오래전부터 내려온 '아름다움'에 대한 철학적 논의가 그 바탕에 있다. 세상에는 두 종류의 사람이 있다. 아름다움에 절대적 기준이 없다고 생각하는 사람과 그렇지 않은 사람. 기준이 없다고 생각하는 사람은 아름다움이라는 게 느끼는 사람마다 다른 거니까 '취향 존중' 해야 한다는 입장이다. 여기에 동의하지 못하는 사람들은 예쁜 것에도 엄연히 기준이라는 게 있다고 여긴다. 당장 앞에서 말한 먹는 것만 해도 '네 입맛 내 입맛 다르다'는 사람이 있고, 평론가의 맛 평가나 미슐랭의 별 개수 같은 걸 맹신하는 사람이 있다. 어떤 그림을 보고 더 잘 그린 것과 아닌 걸 구분할 수 있다는 사람이 있고, 비교가 어렵다고 말하는 사람이 있다. 노래를 얼마나 잘 불렀는지 등수를 매기고 경쟁시키는 프로그램을 즐겨 보는 사람이 있고, 쳐다도 안 보는 사람이 있다.

취향과 미적인 판단을 어떻게 볼 것인가는 어려운 문제다. 확실한 게 하나 있다면 취향은 결국 미감의 문제고, 미감은 나름의 가치관에 따라 확신을 가지고 이야기를 하는 영역이라는 거다. 그러다 보니 어떤 사람에겐 "취향이니까 서로 존중하자"고 말하면서 넘길 수는 없는 문제가 된다. 특히 나에게 중요한 것일수록 내 입장은 견고해진다.

로봇의 얼굴이 길고 짧고의 문제는 해당 제품을 오래 기다렸던 입장에선 너무 중요한 일이었던 거다. 사회에선 한낱 취미라고 불러도 우린 여기에 꽤 진심이니까. 뉴건담에 딱히 관심이 없어 방관자적 입장으로 'ㅋㅋ 웃기는 아저씨들이네' 구경했던 나는 당장 몇 달 뒤, 고대하던 합체 로봇이 나왔을 때 변형합체 구조가 이상하다며 지적하는 사람들에게 순수한 짜증을 느끼며 공격적 댓글을 남기고 싶은 심정을 억누르는 처지가 됐다. 다 그런 거겠지. 아마 당신도 진심인 무엇과 관련된 취향 논쟁이 생기면 묘하게 기분이 상할 거라고 장담한다.

좋아하는 걸 보면 체면도 잊게 되는 것이겠지.
남의 시선이야 아무렴 어때, 가끔 부끄러워지더라도
매사 진심일 때가 좋다.

흥분한 오타쿠를 보는 뭇글의 시선*

아이스 브레이킹에 가장 흔한 소재는 취미다. 일 이야기는 너무 퍽퍽하고, 가족사나 애인 유무 같은 건 지나친 사생활 탐색의 느낌을 준다. 취미는 그사이 어딘가에 있어서 말을 붙이고 이어 나가기 좋다.

하지만 이것도 사회적으로 어느 정도 좋은 평가를 받거나 최소한 평범하다고 여겨지는 취미일 때의 이야기다. 영화 보기나 러닝 같은 것들 말이다. 사람들이 즐겨하진 않더라도 살면서 한 번쯤은 해 봤거나 최소한 궁금함이 닿는 영역들이어야 한다. 서브컬쳐 영역으로 들어오면 이야기가 달라진다. 애니메이션 보는 거 좋아하고, 프라모델 조립 같은 걸 즐겨한다고 하면 대번에 '오타쿠' 되기에 십상이다.

일본 만화를 무척 좋아해 '진짜' 다양한 작품을 섭렵한 친구 하나는 평소에 취미 이야기를 할 때 순박하지만 잔혹

* 커뮤니티에 널리 퍼진 게시물의 제목을 가져왔다.

그깟 취미가

한 질문을 많이 받는다고 한다. 만화 보는 걸 좋아한다고 얘기할 때 "아 저도 만화책 좋아해요~ 어렸을 때 <원피스> 몰래 읽고 그랬어요"라는 답이 돌아오면 참 곤란해진다는 거다. <원피스> 정도면 역대 만화사를 돌아봐도 '가장 인기 있는'이라는 수식어를 붙이기 모자람 없는 작품 중 하나다. 만화의 세계는 아주 넓고, 깊고, 다채롭기 때문에 덕후의 입장에서 <원피스>는 일반교양 정도다. 뭐라고 답변을 돌려주기 어렵다. 선의의 공감을 위한 멘트였지만, 아예 관련 주제로는 대화가 불가능함을 알려 주는 말이기도 하겠다. 정말 좋아하는 것에 대해선 이야기를 해 봐야 전혀 공감을 형성할 수 없다는 걸 확인하는 말이기도 해서다.

내가 프라모델 조립이 취미라고 이야기할 때도 '덕후'와 '머글'은 서로 쉽게 공감할 수 없다는 점을 주의한다. 그래서 "이게 뭔가 열심히 만들다 보면 생각을 안 하게 되어서 좋더라고요" 같은 말을 붙인다. 어쨌거나 '조립'이 들어가기에 뭔가를 만든다는 점에 있어서는 목공이나 도예 같은 취미와 유사점이 있다. 그 겹치는 영역을 꺼내 공감만을 살려 일반적인 선에서 머글로 인식되도록 멈춰 보는 거다. 어떤 식으로 변신하고 합체하는 로봇인지, 그런 기믹이 왜 좋은지 같은 건 설명하지 않는다.

그런데 간혹, 듣는 사람이 "그거 '가오가이가' 같은 거 아니냐"고 특정 로봇의 이름을 대며 추가 질문으로 대화를 이어 나갈 때가 있다. 이때 "그렇죠, 비슷한 로봇 모아요" 하는 식으로 적당히 마무리해야 한다. 여기가 공감의 마지노선이다. 하지만 '가오가이가'라는 단어를 듣는 순간 이미 나는 신이 난 상태가 되어 선을 세게 넘어 버린다. 내가 주로 모으는 로봇이 바로 그 가오가이가와 같이 90년대 방영한 용자물이며, 변신과 합체를 포인트로 하고, 합체에도 여러 가지 종류가 있다는 사실을 신나서 구구절절하게 늘어놓는다. 보여 달라고도 안 했는데 커뮤니티를 뒤져 최근에 출시된 제품의 멋진 사진을 보여 준다. 이쯤 되면 대체로 "아 제가 근데 가오가이가만 조금 아는 거라서요 ㅎㅎ" 하는 말이 들려오는데, 정신을 차리고 상대방을 보면 십중팔구는 따라가기 어렵고 따라갈 필요가 없는 대화에 예의를 차리고 있는 미묘한 표정을 마주하게 된다. 나만 좋아하는 빵이란 걸 까먹고 상대방 입에 꾸역꾸역 밀어 넣다 뒤늦게 깨닫는 기분이다. 불편한 의자에 앉아 있지만 참고 있는 듯한 상대방의 은은한 미소를 볼 땐 뜨끔해진다.

꼭 애니메이션이나 프라모델 같은 서브컬쳐 영역이 아니더라도, 덕후에 가깝게 취미를 즐기는 사람들의 '좋아함'에는 공감이 깃들기 어렵다. 깊은 관심에 바탕을 둔 애정을 표면적으로만 알고 있는 '머글'이 쉽게 이해할 순 없는 노릇이다. 혹시라도 내가 느끼는 자세한 감정 같은 것들을 소개하려고 구구절절 얘기하면 좋아하는 이야기에 눈이 돌아가 사회성을 잊은 인간이 되어 스스로 민망해지는 경험을 하게 된다.

인터넷에 '흥분한 오타쿠를 지켜보는 머글의 시선'이란 글이 흥했던 적이 있다. 영화 덕후로 널리 알려진 쿠엔틴 타란티노 감독이 열정적으로 손짓을 해 가며 설명하는 중에 옆에 앉은 배우 브래드 피트와 레오나르도 디카프리오가 끄덕끄덕해 주며 타란티노 감독을 따스하게 바라본다. 이 부조화가 웃음을 자아낸다. 무리 가운데 혼자만 진심일 당사자가 될 때는 왜인지 모르겠지만 민망해진다. 동물원 우리 속 원숭이가 되는 기분이다. 모두가 낮은 텐션을 유지하는 가운데 혼자서만 도드라지는 텐션을 자랑해서 그런 걸까. 여하간에 그런 경험을 하고 돌아온 날엔 자기 전에 하루를 복기하며 이불을 팡팡 찬다. 왜 그렇게 말을 많이 했을까, 왜 진심이었을까, 그럴 필요까진 없었다고 후회의 밤을 지새운다.

그렇다고 매사 별 관심 없다는 척 관조하며 미지근한 태도를 장착하고 사는 건 아무래도 재미없다. 남들 신나서 웃고 방방 뛰는데 체면 생각하고 표정 관리하며 앉아 있으면 지루한 어른이 될 뿐이다. 참고로 앞에서 말한 게시물의 진짜 웃음 포인트 한 곳은 마지막에 있다. '그 오타쿠의 오타쿠'라는 설명과 함께 아이돌 콘서트에 방문한 소녀 같은 반짝반짝한 눈으로 타란티노 감독을 핸드폰으로 찍고 있는 봉준호 감독의 움짤이 나온다. 봉준호 감독이 타란티노 감독의 '찐덕후'라는 배경을 모르는 사람도 그의 얼굴을 보면 관계를 짐작할 수 있는 해맑은 표정이다.

좋아하는 걸 보면 체면도 잊게 되는 것이겠지. 남의 시선이야 아무렴 어때, 가끔 부끄러워지더라도 매사 진심일 때가 좋다. 나이를 먹고도 저렇게 마냥 반짝반짝한 표정을 지을 수 있는 건 정말 행복한 일이다.

뉴비*의 취미도 취미인 걸

　내가 프라모델을 취미로 하는 사람인가? 맞긴 하지만 아무래도 커뮤니티에 있는 다른 동호인들을 보면 나의 취미는 너무 귀여운 수준이다. '나 같은 쪼렙이...?' 그도 그럴 것이 나는 신작이 나오는 족족 사는 사람도 아니고, 비싸고 구하기 어려운 한정판을 무슨 수를 써서라도 모으는 사람 또한 아니다. 그렇다고 손기술이 좋아서 도색을 멋지게 한다거나 부품이 없으면 만들어 낼 정도의 개조 실력을 갖추고 있지도 못하다. 이 취미를 즐긴 지 몇 년 안 되었다 보니 가지고 있는 로봇도 2~30대 안쪽에 그친다.

　취미를 즐기다 보면 이 바닥에 오래 있었던 소위 고인물들을 본다. 프라모델/피규어 판에도 십수 년간, 수십 년간 취미를 즐겨 온 대단한 분들이 얼마나 많은지. 불이 번쩍번쩍 들어오는 유리 장식장에 수십 대의 로봇을 전시해 놓

* 신규로 유입된 유저, 초심자를 지칭하는 말

은 사람, 사는 속도가 만드는 속도를 따라잡지 못해 방 한쪽에 '프라탑'(프라모델을 사 놓고 만들진 않아 박스 채로 쌓아 둔 더미)을 쌓아 놓은 사람들이 부지기수다. 내가 산 로봇과 도저히 같은 로봇이라곤 믿을 수 없을 정도로 멋지게 도색하고 개조하는 사람도 많고, 간혹 프로그램을 이용해 시중엔 없지만 갖고 싶은 로봇을 직접 설계하고 3D프린터로 뽑아서 제작하는, 말 그대로 '괴수' 같은 사람도 심심찮게 볼 수 있다.

굳이 비교를 해 보자면 나는 호그와트 2학년에서 3학년쯤 될까? 머글들 사이에서야 마법사처럼 보일 수도 있겠지만, 7학년 선배들 혹은 교수님들 앞에서 "엣헴, 저도 마법사인데요! 윙-가르디움 레비오우사!!!"라고 말하기는 영 궁색한 기분. 주변에 대단한 사람이 있어서 주눅 든다기보단, 어쨌든 물이 더 깊은 곳을 뻔히 알면서 얇은 스스로를 취미인이라고 지칭하는 건 어딘지 모르게 허세를 부리는 것만 같은 일로 여겨진다.

이런 태도는 한국 사회에서 30년 넘게 살면서 체화된 게 아닌가 생각한다. '꼰대'*의 나라 한국에선 오래됐다는 것 하나에 지나치게 값을 쳐 준다. 고인물 혹은 꼰대 스스로도

---

* Kkondae, 〈BBC〉에선 꼰대를 '본인들이 항상 옳다고 믿는 나이 든 사람'이라고 설명했다.

그렇게 행동하거나 말하는 경향이 있는데, 대체로는 항상 자기만 옳다는 식으로 얘길 한다. 근거는 그들이 머물렀던 시간이다. 그래, 뭐 지혜라는 게 쌓였을 수도 있지. 문제는 아무리 살펴봐도 지혜가 낄 자리가 없는데 시간을 따져 가며 상대방을 하찮게 보는 경향이 쉽게 관찰된다는 점이다.

이걸 개인적으로 크게 느꼈던 건 야구에서다. 한때 야구를 열심히 봤었다. 기사는 매번 챙겨 보고, 여유 있는 날엔 경기도 가급적 챙겨 볼 정도였다. 퇴근 후 치킨 한 마리 시켜 놓고 이기고 있는 경기를 보는 게 낙일 때였다. 이땐 아직 포털 스포츠 뉴스에 댓글이 살아 있었는데, 그야말로 핏물이 떨어지는 날고기 같은 형상을 하고 있었다. 온갖 종류의 모욕을 동원해 상대팀을 비난하거나, 선수를 비난하거나, 감독을 비난하거나, 심판을 비난하거나 하여간에 누구를 비난하지 않으면 옹알이도 못 할 것 같은 족속들만 모여 있는 곳이었다. 기사마다 논쟁을 빙자한 말싸움이 빈번하게 벌어지곤 했다.

자주 벌어지던 논쟁은 '누가 낫냐'였다. 같은 포지션의 현역을 비교하거나, 같은 포지션의 레전드와 현재 탑급 선수를 비교하거나 하는 식이다. 다른 커뮤니티에서는 안 그럴지도 모르겠는데, 당시 이 포털 뉴스 댓글에서는 논쟁이 좀 길어진다 싶으면 본인이 언제부터 야구를 봤는지로 족

보 정리를 시도하는 양반들이 행차하시곤 했다. 만약 논쟁의 상대방이 08년도 베이징 올림픽 금메달에 감동받고 입문한 야구팬이었다, 그러면 덮어놓고 개족보 취급을 하며 '08뉴비새끼들이 뭘 안다고 떠드냐'는 식으로 계급 분리를 시도한다.

좀 웃겼던 건 이 댓글 싸움이 벌어지는 공간의 시간이 2008년이 아니고 2018년쯤이었단 거다. 08년도 올림픽 금메달에 감동받아 야구를 보기 시작한 사람들도 햇수로 거의 10년을 넘게 야구를 본 사람들이다. 이런 사람도 애기 취급을 받는다니. 프로야구선수가 선수들의 꿈이라고 부르는 FA(자유계약선수) 자격을 얻기 위해 필요한 시간이 7년이다. 웬만한 프로선수들은 이 FA자격조차 얻지 못하고 은퇴한다. 10년은 지금 야구판에서 뛰는 선수 중 상당수가 교체되고도 남는 시간인데 이 기간이 짧나? 10년이 긴지 짧은지 따져 보자는 게 아니다. 문제는 상대적으로 고인 쪽에서 역사와 전통이라는 시간을 앞세우며 이야기하려 드는 것에 있다. 갑자기 "너 몇 살이야" 물어보면서 나이로 찍어 누르는 인간들의 후짐이 사회 전반에 물들어 있다는 거다.

건프라 동호인 계에도 이런 식의 시간을 앞세우는 구습이 있다. 우주세기 vs 비우주세기 논쟁이다. 길게 설명하면 너무 파고들어 가는 것 같아서 짧게 설명해 보겠다. 건담이

그깟 취미가

라는 IP(지적재산권)에서 처음 나왔고, 가장 많은 작품의 배경이 된 기초적인 세계관을 '우주세기'라고 부른다. 이 세계관 속에서 해를 세는 기년법이 U.C.(Universal Century)라서다. 여기에 속하지 않는 건담 시리즈의 세계관을 '비우주세기'라고 하는데, IP활용 차원에서 '건담'이라고 부르는 로봇이 나올 뿐 우주세기와 전혀 연관성이 없는 평행세계에서 전개된다. 굳이 평행세계로 만든 데는 당연히 이유가 있다. 기존 우주세기 건담 시리즈에선 하지 않았던 새로운 시도들을 하기 위해서다. 우주세기 건담에선 탑승자가 조종간을 잡고 건담을 조작했다면, 비우주세기 건담에서는 탑승자와 건담이 물아일체가 되어 탑승자의 무술을 따라 하는 방식이 나오기도 한다.

우주세기와 비우주세기 간 건담의 디자인에도 차이가 상당한데, 여기서도 갈등이 싹튼다. 우주세기의 건담들이 기본적으로 전쟁병기의 성격을 강조하며 (그나마) 있을 법하게 밀리터리한 모습을 하고 있는 반면, 비우주세기의 건담들은 깃털 달린 날개를 가지고 있거나, 가슴팍에는 마법사 지팡이 끝에 붙어 있어야 할 것 같은 구슬이 박혀 있다. 40년 넘는 역사와 전통을 자랑하는 우주세기 팬들은 비우주세기의 작품을 보며 저게 무슨 건담이냐, 인정할 수 없다고 이야기하기도 했었다. 그중 일부는 건담이 아니라 무슨 구슬동자*냐고 비아냥거리기도 한다.

비우주세기 작품으로 유입되는 팬들은 이런 걸 보면 기분이 나빠진다. 애니메이션을 재밌게 봐서, 우연히 접한 프라모델이 너무 맘에 들어서 취미를 즐기다 커뮤니티까지 왔더니 '구슬동자'니 뭐니 하면서 깎아내리는 걸 보면 적개심이 들기 마련. 그게 뭐 대단한 역사고 대단한 전통이라고 내가 재밌게 보는 걸 까고 앉았나, 나이가 많아서 옛날 애니메이션 본 게 그렇게 큰 자랑인가 싶은 거다.

다행스러운 일은, 이 비우주세기 작품들 중에서도 오래된 건 거의 30년을 바라보는지라 이쪽도 충분히 '고였'고 동호계의 주류가 되면서 '우주세기 부심' 같은 건 본인의 나이 듦과 고집스러움, 꼰대 감성을 인증하는 우스운 짓이 되어 버렸다는 거다. 근데 하나 재미있는 건 요새 들어선 건담 신작과 신작 속 새로운 건프라의 디자인이 공개됐을 때 "이게 무슨 건담이냐?"고 퉁명스레 내지르는 비우주세기 팬들도 꽤 보이기 시작했다는 점이다. 과연 역사란 반복되는 것일까?

계속 이죽거리면서 이야기했지만 한편으론 고여 있는

* 가슴에 구슬을 달고 다니는 캐릭터가 나오는 아동용 애니메이션

그깟 취미가

분들의 마음도 이해한다. 무언가를 오래 해 온 사람들이 모여 있으면 그 안에서는 고유의 문화가 형성된다. 이 문화는 여러 가지가 대단히 복잡하게 작용하면서 만들어진다. 여러 사람을 묶는 취미나 물건 등의 특징, '공지'로 올라와 있는 성문화된 규칙, 해당 취미(나 다른 것들)를 갖는 사람들의 성별 분포 등 인구학적 특징, 취미(나 다른 것들)를 공유하는 사람들 사이에서 광범위하게 발견되는 성격적 특징과 이를 반영한 유머 코드, 사회적 상식, 세대 감각, 결정적으로 시간이 더해지며 만들어진다. 이런 공간에 뉴비를 포함한 새로운 것들이 유입되면 상대적으로 오래된 사람들은 자기들이 구축해 온 문화가 훼손되는 것 같은 느낌을 받을 수밖에 없다. 안정적으로 커뮤니티 생활을 잘 즐기고 있는데, 뭔가 불쾌한 것들이 밀려오는 느낌이랄까. 추석에 놀러 온 사촌 동생이 애써 꾸민 내 방에 들어오더니 이것저것 헤집어 놓는 장면을 상상해 보면 어떨까. 아니면 내가 맛있게 먹으려고 가스 불 앞에서 종종거리며 라면을 기똥차게 끓여 놨는데, 동생이 슬쩍 와서는 "나 한 젓가락만" 하고 세 젓가락을 후루룩거리는 걸 보는 느낌과도 비슷하겠다. 핵심은 내가 정성을 쏟고 있는 무언가가 훼손됐다고 느끼는 감각이다. 이런 암묵적인 느낌은 자연스럽게 뉴비를 배척하거나 혹은 눈치 보게 만드는 문화를 만든다.

커뮤니티엔 '닥눈삼'이라는 말이 있다. '닥치고 눈치 삼일'의 줄임말이다. 새로 왔으면 일단 이 커뮤니티가 어떤 식으로 돌아가는지 3일은 키보드에서 손 떼고 알아서 눈치껏 파악하라는 얘기다.

어떤 측면에서는 세대 갈등과 비슷한 부분도 있다. 고인물은 안정을 원하고 추구한다는 점에서 꼰대랑 유사한 구석이 있다. 뉴비는 이제 막 발을 딛었다는 점에서 청년세대 같기도 하다. 이렇게 생각하면 커뮤니티가 어때야 하는지 알기란 어렵지 않다. 사람이 모이는 곳엔 항상 새로운 사람들이 유입되어야 하며, 그렇게 구성원이 섞이면서 문화가 서서히 바뀌어져 나가야 한다. 늘상 너무 고여 있는 건 좋지 않은 일이다.

물론 뉴비의 입장에서 한참 수준이 높아 보이는 고인물의 발언에 주눅이 드는 건 피할 수 없는 일이다. 그렇지만 뉴비의 취미도 취미인 거지 뭘. 뭔가를 좋아해서 표현하고 싶어질 때 필요한 어떤 자격 같은 건 없다. 인스타에 내가 만든 작품 올리는 데 괜스레 멈칫할 필요 없고, 블로그에 글 쓸 때 '아직 내가 O알못이지만' 하면서 괜한 겸손 떨 필요도 없다. 취미란 원래부터 대단할 필요가 전혀 없는 법이다.

이게 영 어렵다면 저기 고인물이랍시고 근엄하게 키보드 놀리는 사람들도 한때는 다 뉴비였다는 걸 생각해 보길.

구체적인 방법을 일러 주겠다. 닉네임 클릭하고 작성글 검색해서 과거로 거슬러 올라가 봐라. 자기들도 어림없는 글과 질문들 올리고 눈치 보고 실수하고 다 했으면서 이제 자기 조금 오래 해서 안다고 젠체하고 있는 거다.

가볍게 즐기는 사람들도, 발을 걸치고 있는 사람들도 더 편하고 즐겁게 좋아하는 것에 대해 맘껏 이야기를 풀어놓을 수 있으면 좋겠다. '뉴비'를 조금 더 환대하는 문화가 자리 잡으면 좋겠다. 피식 한번 웃고, 가볍게, 힘 빼고, 더 많은 사람이 자기가 좋아하는 것들을 쉽게 보고, 편안하게 이야기 나누면 좋겠다.

세트로 사지 않으면 안 될 것 같아요

소비를 설명하는 말 중에 '디드로 이펙트'라는 게 있다. 18세기 프랑스 철학자 드니 디드로의 에세이 「나의 오래된 가운을 버림으로 인한 후회」(Regrets on Parting with My Old Dressing Gown)에 실린 일화에서 유래한 말이다.

한 사람이 예쁜 주홍색 가운을 선물로 받았다. 가운은 너무 예쁘고 맘에 들었는데, 집 안의 다른 물건과 함께 보니아, 이게 너무 아쉬웠던 거지. 방의 모습은 이 가운에 전혀걸맞지 않았다. 못내 아쉬웠던지 그는 주홍색 가운에 맞춰물건을 하나씩, 인테리어를 하나씩 바꿔 나갔다. 정신을 차려 보니 예전의 방은 온데간데없고, 리모델링이라도 한 것처럼 인테리어가 바뀌어 있었다.

소비는 소비를 낳는다. 어떤 물건들은 문화적으로 강하게 연결되어 있고, 사람들은 이러한 물건을 통째로 구매하는 경향을 보인다. 디드로 이펙트를 요샛말로 하면 '세트병'(세트+병, SET病)이라고 부를 수 있겠다. 세트로 묶이는 아이템은 맞춰서 갖고 싶은 욕구를 뜻하는 말이다. 혹시나 세트병이 뭔지 이해하지 못하는 사람들을 위해 나의 일화를 하나 소개한다.

일본 오사카에 위치한 유니버설 스튜디오 재팬에 놀러 갔을 때다. 놀이공원답게 정말 많은 기념품 숍이 있었는데, 워낙 기념품 품질이 좋은 탓인지, 옆지기와 내가 해리포터를 너무 좋아하는 탓인지 첫 번째로 방문한 해리포터 기념품 숍에서만 거의 10만 원어치를 질렀다. 옆지기와 함께 양손에 봉투 하나씩 쥐고 나오고서야 정신을 차렸다. 예쁘다고 대책 없이 주워 담다간 출국하기 전에 체크카드 마그네틱 수명이 급격하게 줄어들겠구나. 서로 자제를 약속하고 관광을 지속하면서 스파이더맨 숍까진 비교적 현명하게 지출을 유지했다. 하지만 미니언즈 숍에 이르러서 도저히 넘어갈 수 없는 물건을 만나 버렸다. 미니언즈에 나오는 케빈, 스튜어드, 밥을 자동차로 형상화한 토미카*였다. 심지어 여기서밖에 살 수 없다는 유니버설 스튜디오 한정판이었다.

'한정판', 이 마법의 단어는 안 살 법한 물건도 돌아보게 만드는 능력과 소비자가 고민하는 시간을 극적으로 줄이는 놀라운 기능을 갖고 있다. 하필이면 비행기 타고 간 관

---

* 토미(TOMY)에서 만든 7cm가량의 다이캐스트 자동차 모형 브랜드

광지에서 본 한정판이다. 조금 이따가 귀국편을 타면 구하기 굉장히 어려워지는 특수한 상황이었다. 그러니까, 그 토미카를 보자마자 '이거 사야 하나'는 생각이 뇌를 지배했단 얘기다.

사실 가지고 싶은 건 케빈카 하나였다. 하지만 아무리 봐도 케빈의 단짝인 밥과 함께 두 대를 놓는 게 보기 딱 좋았다. 그래 두 개를 사자 마음먹었는데, 세트라고 존재감을 드러내고 있는 스튜어드카를 지나치기가 어려웠다. 손가락 두 개만 한 자동차 박스를 만지작거리며 어쩌나 고민을 한참 했다. 하나만 집었다가 하나를 더 들었다가, 두 개를 들었다가, 세 개를 들었다가 전부 내려놓기를 반복했다. 지금은 이 셋 다 책장 한쪽에 고이 모셔져 있다.

꼭 장난감이 아니더라도 뭔가를 모으는 사람이라면 다들 이런 식으로 '완성하고 싶다'는 욕구를 갖고 있다. 예전에 한 선배와 해외로 출장을 나간 적이 있다. 밀린 일을 처리하려고 잠깐 스타벅스에 들렀다. 커피를 받아 온 뒤에 선배가 다시 카운터로 가더니 머그잔을 구입해 왔다. "무겁고 들고 다니기도 좀 불편하지 않아요?" 물으니 출장이나 여행을 가면 그 도시의 시티컵을 하나씩 사서 모은다는 답이 돌아왔다.

많은 사람들에게 이런 욕심 생기는 물건 하나쯤은 있을 테다. 키덜트 소비자들이 유독 세트병 중증 환자처럼 보이는 건, 수집품 자체에 세트로 나오는 특징이 있어서일 뿐이다. 내가 모으는 건담 프라모델은 딱 한 종류다. 건담의 여러 애니메이션 시리즈 중 <건담 더블오>에 나왔던 주인공들의 기체 4종만 수집하고 있다. 세트에 해당하지 않는 장난감은 애초에 잘 사지도 않지만, 혹 산다고 해도 얼마 지나지 않아 팔아 버린다. 얼마 전에도 조립해서 보관하고 있었던, 그렇지만 내 수집 목록에는 들어가지 않는 건담 세 개를 회사 근처 공덕역 5번 출구에서 당근으로 3만 원에 넘겼다. '아니 팔 걸 애초에 왜 사나' 생각할 수 있는데, 내가 모으는 제품은 아니지만 간혹 너무 멋지게 나와서 갖고 싶은 경우가 있다. 그냥 예뻐서 산다. '예쁜 쓰레기'를 사게 되는 매커니즘과 흡사하지 않을까 한다.

괜찮은 장난감을 보면 '아 이건 내가 모으는 거 아닌데' 하고 참아 보지만, 내 손은 틈만 나면 해당 제품의 리뷰를 핸드폰에서 훑고 있는 경우가 다반사더라. 이 과정을 몇 번 정도 반복하다 보면 결국 구매로 이어진다. 장난감도 일종의 아트니까 미적 가치가 있다 생각하면 살 만하지 싶기도 하고.

중고가 훨씬 비싼 이상한 시장

　중고 거래, 이거 한번 빠지면 헤어 나오기 힘들다. 쓸모가 사라져 구석에서 시간과 먼지를 맞던 물건들을 돈 받고 개운하게 치우는 것도 좋지만, 나는 그보단 야생에서 먹이를 구하는 듯한 중고 물건 구매 과정에서 매력을 느낀다. 좋은 컨디션의 제품을 매의 눈으로 물색하다 잡아채는 맛이랄까. 중고 시장에도 상품의 컨디션에 따라 맞는 시세가 있는데, 이 시세 아래로 나왔다 싶으면 사람들이 피라냐 떼처럼 키보드를 두들기며 득달같이 달려든다. 누가 먼저 올라온 물건을 확인하고 '구매하고 싶습니다~!'의 문자를 보내고 입금을 하는지, 선착순 경쟁이 치열하다. 컨디션이 좋은데 저렴하게 나온 물건은 보통 10분 이하로 '컷' 된다. 물론 중고 거래는 소비자의 합당한 권한을 보장받을 수 있는 매장에서 사는 것보다 여러 부분에서 리스크를 안고 있지만, 이런 날 것의 재미가 있다. 게임 같달까?

　중고 거래를 잘하다 보면 '나는 정말 합리적 소비자야!'

그깟 취미가

라는 자기 합리화가 쉽게 작동한다. 자기애를 높이는 계기가 되기도 한다. 특히 인터넷에 뜬 새 상품의 최저가보다 훨씬 낮은 가격에 물건을 구하고 나면 인터넷 최저가에서 중고 구매가를 뺀 가격을 '벌었다'고 생각하며 잘 샀다는 뿌듯함에 휩싸인다. 아아 난 얼마나 합리적인 구매를 했는가. 물론 이후에 세이브했다고 생각한 돈으로 뭘 또 사면 좋을지 찾아나서긴 한다. 편의점에서 과자를 사는 돈의 총량은 안 줄이고 1+1 제품, 2+1 제품으로 채우는 사람들의 마음가짐과 비슷하다. 합리적 소비와 절약은 아무래도 다른 말이니까 별수 없다. 둘 중 뭐라도 하나 하면 그래도 안 하는 것보단 좋은 것 같기도 하고.

아무튼 일반적인 물건들을 중고로 거래할 때의 목표는 '싸게 잘 사는' 데 있다. 하지만 장난감 같은 취미 물품으로 넘어가면 얘기가 좀 달라진다. 프라모델이나 피규어 장난감은 일종의 수집품이라 일반적인 물건들 대비 구입에 난이도가 붙으면서, 시세가 아예 다른 식으로 형성된다. 새 제품을 살 수 없는 상황이다 보니 새 제품보다 대체로 가격대가 높게 형성되는 게 일반적이다. 새 제품과 가격 차이가 작을수록, 거의 새 제품 가격에 구할수록 구매를 잘한 게 된다. 핵심은 프리미엄이 과하게 붙지 않는 물건을 사는 데 있다.

꾸준히 생산되는 일반적인 물건들과 달리 수집품의 카테고리에 속하는 물건들은 생산 시기를 놓치면 구하기 대단히 어려워지면서 값이 올라간다. 태생부터 한정판인 어떤 장난감들은 정말 입이 쩍 벌어질 정도로 몇 배씩 가격이 오르기도 한다. 이를 활용해 차익을 구현하는 사람들도 있다. 이들의 행태를 취미 물품 중 대표적으로 비싼 레고의 이름을 따 '레테크'(레고+테크)라고 부르기도 한다.

다소 뒤늦게 이 시장에 참전한 나는 두 번째 장난감 구매를 시도할 때부터 중고 시장을 이용할 수밖에 없었다. 보통 한번 생산하면 수요층이 거의 다 구매해 버리는 (대중적 인기가 약간 부족한) 장난감들은 그 시기를 놓치면 정가에 판매하는 새 제품으로는 구하기가 거의 불가능하다. 개인이나 소매업체들이 운영하는 네이버 스마트 스토어 같은 곳에서 물건을 몇 개 가져다 놓기도 하지만, 이쪽이 더 자비 없는 가격을 자랑하기 때문에 중고 시장을 뒤지는 게 낫다.

구매 시기를 놓쳐 버린 물건들은 이렇게 구매 난이도가 높아지기 때문에 가급적이면 안 사는 게 속 편하다. 하지만 프라모델 커뮤니티에 올라온 완성 작품들을 보면 사고 싶은 '뽐뿌'가 온다. 뒤늦게 애니메이션을 접하고 빠져서 관련 장난감을 수집하고 싶어지는 때도 마찬가지다. 이럴 땐 혹시 팔리는 게 있나 싶어서 중고 시장을 검색해 보게 되지만, 물건을 살피면서 웹 페이지를 몇 번 넘기다 보면 대체로는 입맛만 다시게 된다. 판매 당시의 가격을 몰랐으면 몰라도 판매가보다 두 배, 세 배 뛴 물건들을 사는 데는 꽤 굳은 심지와 결단이 필요하다. 안타깝게도 나의 것은 그보단 물렀다.

입맛을 몇 번 다시면서 '나올 때 사는 게 가장 싸다'는 이 바닥의 격언을 몸소 체험하고 난 뒤에는 6개월씩 기다려야 하는 예약 구매도 개의치 않는다. 아무래도 수입품이다 보니 공식 판매처를 통해 예약 구매를 하면 직구 하는 것보다 보통 늦게 들어온다. 남들 다 만들고 자랑이 끝났을 때에야 물건을 받게 되는 경우마저 있다. 기다리는 걸 못 견디는 성격이지만, 아예 못 구하는 것보다야 늦는 게 나으니 별수 없다.

갈수록 취미 생활이 팍팍해지고 있다고 느끼는 건 이 예약 구매에서도 짜증나는 상황이 생겨나고 있어서다. 근본적인 원인은 코로나19였다. 지긋지긋한 코로나의 영향은 집 구석에 박혀 장난감이나 조립하는 사람에게도 치명적으로 작용했다. 코로나 사태로 인해 프라모델 수요가 크게 늘고 일부 중국 공장이 생산 물량을 제대로 맞추지 못하면서, 예약 물량 자체도 확보가 안 되는 일이 벌어졌다. 수요자들이 미리 돈을 낸다고 해도 사고 싶은 물건을 살 수 없는 상황.

수요가 예상이 안 되는 것도 아니고 사람들이 일단 돈부터 주겠다고 선입금한 건데도, 자리가 제한되는 콘서트도 아니고 플라스틱 녹여서 틀에 찍어 내는 물건인데도, 없어서 못 파는 기가 막힌 상황이 벌어진 거다.

여기에 고상하게 말하면 '리셀링'(Re-selling, 우리나라에선 영어로 말하면 고상해지는 이상한 언어 습관이 있다)이라고 부르는 현상이 얹히면서 사태가 악화됐다. 이 바닥 취미와는 하등 관련이 없는 인간들이 차익 실현을 위해 중간에 끼어들어 물량을 챙겼다. 그래서 정말 물건을 구하고 싶은 사람들은 아직 세상에 나오지도 않은 물건인데도 웃돈을 주고 장난감을 수령받을 권리를 양도받아야 한다(입금받고 예약 구매 수령지를 바꿔 주는 방식이 주로 쓰인다). 취미인들에겐 분통이 터질 일이다. 클릭 좀 늦게 했기로서니, 매장에 점심을 먹고 갔기로서니, 지금 사려면 웃돈을 줘야 하고 웃돈을 안 주려면 수개월에서 1년은 우습게 기다려야 하는 상황을 맞아야 한다고?

나도 올해 초에 정말 고대하던 프라모델 하나를 예약 구매하려고 구매 페이지가 오픈되는 5분 전에 알람까지 맞춰 놓고 기다렸는데, 구매 동의에 체크하는 30초도 안 걸리는 시간에 물량이 죄다 빠져나간 걸 보고 분노를 금하지 못했다. 시골에서 서울로 올라와 대학 생활을 하는 동안 수없이 구매했던 설날 기차표도 이것보단 열세 배쯤 쉽게 샀다. 십여 년 만에 수강 신청 실패에 버금가는 상황을 맞이하니 차익을 노려 중간에 낀 사람들에 대한 분노가 높아져만 갔다.

이 현대판 '허생' 같은 인간들을 취미판에서 지칭할 때는 혐오감을 담아 '되팔이', '되팔렘'이라고 부른다. 되팔렘은 언뜻 되팔이+놈에서 'ㄴ' 발음을 좀 쉽게 하는 자음동화인가 생각할 수 있는데 그건 아니다. '되팔이'+'네팔렘'으로 두 단어의 합성어다. '네팔렘'은 게임 <디아블로> 세계관에서 인간을 의미하는 말인데, 예전에 <디아블로 3> 한정판의 가격을 올려 파는 사람들 때문에 생긴 단어다.

혹시나 오해가 있을 수 있어 부연하자면, 수집품을 잘 보관하다가 자연스레 올라간 가격에 파는 사람들을 비난하는 게 아니다. 되팔이들은 순전히 차익만을 노리고 많은 수량을 쓸어 간다. 물건을 구하는 방법도 전문적이다. 아이디를 사서 여러 아이디로 물건을 구매하기도 하고, 클릭을 사람이 하는 것과는 비교도 안 되게 빨리할 수 있는 매크로 프로그램을 돌리기도 한다. 매장 여러 군데를 돌아다니며 있는 대로 물건을 쓸어 가기도 한다.

물론 이런 완구 되팔이들이 불법을 저지르거나 하는 건아니다. 우리나라에선 전매(되팔이)가 금지된 제품 이외의물건들을 개인이 리셀링 했을 때 처벌하는 규정이 없다. 하지만 법적 문제가 없다고 양심에도 문제가 없다고 볼 순 없는 일. 본인 이윤 좋자고 공급자와 수요자 사이에 끼어 가격에 장난을 치는 걸 정당화할 수는 없는 노릇이다.

되팔이들이 만들어 낸 시장 왜곡은 취미인들의 취미 생활에도 큰 지장을 준다. 되팔이들이 있으면 제조업체에서 소비자의 수요를 정확하게 파악하기 힘들어져서다. 제조업체들도 되팔이 문제를 심각하게 여긴다. 이 문제를 해결하기 위해서 여러 고육지책을 동원하고 있다. 돈 주고 사겠다는 사람의 구매 난이도를 높이는 거다. 구매 개수 제한을 걸기도 하고, 배송지를 못 바꾸게 하기도 한다. 구매자 동의하에 물건을 그 자리에서 개봉해 버리는 오프라인 매장도 있다. 모 판매처에선 정말 해당 장난감을 살 정도로 팬인지 애니메이션 속 정보를 물어보기도 한다더라. 되팔이들 때문에 파는 사람과 사는 사람이 모두 고생하는 이상한 시장이 되어 버렸다.

여러 방법을 동원한다 한들, 수요가 있으니 공급이 사라질 리 만무하다. 사실 되팔이를 근절하는 근본적인 방법은 되팔이에게서 물건을 안 사는 일이다. 되팔이와의 거래가 윤리적으로 옳지 않은 짓이 되어야 한다. 커뮤니티 차원에서도 그걸 권장하지만, 당장 갖고 싶은 게 생긴 사람들이 먼 미래에 형성될지 안 될지 모르는 '바람직한 취미시장'을 기대하고 '되팔이 망해라!'를 기원하며 갖고 싶은 장난감 구매를 마냥 유보한 채 기다리기도 어려운 일. 취미생활 윤리적으로 이어 가기 참 쉽지 않다.

중고거래 사기 참교육 시전하기

되팔이들이 주로 활약하는 공간은 중고 시장이다. 시중에 매물이 넉넉하지 않다 보니 취미인들과 중고 시장은 서로 뗄 수 없는 관계다. 커뮤니티 내에 중고 거래 게시판을 운영하는 것도 일반적이다.

돈이 들어가는 곳엔 항상 나쁜 마음을 먹는 사람이 파리처럼 꼬인다. 이 바닥도 매한가지다. 워낙 프리미엄이 잘 붙다 보니, 낮은 가격을 미끼로 해서 수집품 모으는 사람을 낚으려 드는 사람이 많다. 수집품을 찾아 헤매는 사람은 이성이 살짝 마비된 상태라 쉽게 속는다. 안타깝게도 내 얘기다.

내가 옆지기와 함께 모으는 수집품이 하나 있다. 메가박스에서 주는 '오리지널 티켓'이다. 모르는 사람을 위해 살짝 부연하자면, 오리지널 티켓은 메가박스에서 영화를 관람할 때 주는 티켓 형태의 굿즈다. 포스터를 활용하거나 영화 속 특징적인 장면을 이용해 굉장히 예쁘고 소장 가치가 높은 티켓을 만든다. 팬덤이 큰 영화는 당일에 다 소진되고 없어

그깟 취미가

질 정도로 인기가 높다. 극장 문 여는 시간에 맞춰 기다렸다가 대기표를 뽑기도 한다.

여태까지 영화관에서 멀지 않은 곳에 살았던 덕분에, 좋아하는 영화에 한해서는 대부분 차곡차곡 티켓을 모았다. 하지만 인기가 정말 말도 안 되는 물건은 구하지 못한 경우도 있었다. <겨울왕국 2> 티켓이 그랬다. '렛 잇 고' 열풍으로 공전의 히트를 기록한 겨울왕국의 후속작이니 인기가 높을 거라는 건 불 보듯 뻔했다. 그래도 당일에 동날 거라곤 생각을 못 했다. 디자인이 서로 다른 티켓 3종 중 가장 별로라고 생각했던 하나만 겨우 확보했다.

티켓북까지 사서 차곡차곡 끼워 가며 모으고 있는데, 못 구했다고 비워 둔 채로 넘어갈 순 없는 일. 아예 안 보는 영화라면 모르겠지만 디즈니 작품에 환장하는 우리로서는 별수가 없었다. 시간이 지나도 미련을 못 버려 결국 중고나라를 뒤졌고, 프리미엄이 붙은 가격이긴 하지만 시가보다는 꽤 낮게 나온 녀석을 찾아 입금을 진행했다. 하지만 홀리 맙소사. 돈 받기 전에는 2분 단위로 연락하던 인간이 이상하게 입금 후엔 12시간 단위로 연락하더니 이내 연락이 끊기는 사태가 벌어지고 말았다.

중고나라에서 개인정보를 넣어 검색해 보니 아니나 다를까 사기꾼이었다. 핸드폰 요금을 무려 130만 원 넘게 미납하고 정지당해 문자로 계좌 번호를 줄 수 없다는 놈을 믿는 게 아니었는데, 본인 확인하게 사진 가려서 주민등록증 찍어 달라는 부탁에 "(캡처 이미지는) XX(금융앱)인데요"라는 이상한 대답으로 거절한 놈을 믿는 게 아니었는데, 설마 고작 4만 원 가지고 사기를 치진 않을 거라고 생각하는 게 아니었는데. 몇 가지의 '아니었는데'가 내 멘탈 주위를 빙글빙글 돌면서 때렸다. 스스로 꽤 똘똘하다고 자부하는 인간이 이런 짓을 당하다니 심장이 바삐 뛰면서 안 그래도 고혈압 위험선에서 간당거리고 있던 혈압이 초 단위로 오르는 게 느껴지는 듯했다. 실시간 캡처로 보이는 입금 계좌 번호 화면과 실제 티켓을 가지고 있어야만 찍을 수 있는 인증샷에 따로 조작의 흔적이 없어 섣부르게 입금을 먼저 진행한 게 패인이었다. 평소 같았으면 중고나라 거래 내역을 다 훑어보고, 진짜인지 아닌지 판단하는 시간을 갖는데 왜 그랬을까. 후회와 자책으로 한 시간 정도를 보낸 뒤 일단 잤다. 그리고 다음 날부터 바로 행동에 들어갔다.

각 잡고 찾아보니 그 인간이 소액사기를 한두 번 친 게 아니었더라. 입금 계좌를 몇 개 확인하고, 사기 정황을 증명할 수 있는 대화 내역을 캡처 떴다. 다른 피해자와 연락도 주고받았다. 여러 자료를 모아 인터넷으로 사기 접수를 진행했다. 유사한 피해 사례가 많은 탓인지, 경찰청 사이버범죄

그깟 취미가

신고센터는 여타 공공기관 홈페이지와는 달리 친절하고 상세하게 절차를 안내해 주고 있어서 접수가 굉장히 쉬웠다. 그저 하라는 대로 따라만 가니 신고가 끝났다(소액 사기당한 분들 몇 푼 안 된다고 버려 두지 마시고 꼭 이용하시길). 가뿐한 마음으로 그 인간에게 톡을 보냈다.

■ 이하의 대화는 개인이 특정될 수 있는 정보를 가리기 위해 전혀 과장하지 않는 선에서 일부 각색이 되어 있습니다.

나: 고소했습니다 연락 기다리고 계십쇼.
사기꾼: 잠시 뭐 하고 있어서 그랬습니다. 사진 찍어 드릴 테니 기다려 주세요. 안 드리는 거 아닙니다.

이틀 동안 안 찍어 준 택배 사진을 퍽이나 찍을 리가. 가벼운 마음으로 연락을 씹었다. 이미 나는 겨울왕국 티켓을 티켓북에 넣을 생각을 포기한 지 오래였다. 그까짓 4만 원 돌려받을 생각도 거의 사라진 다음이었다. 인터넷에서 종종 봤던 중고나라 사이다 썰을 내 눈앞에서 구현할 생각뿐이었다. 그렇게 답장을 안 하고 있으니 네 시간 정도 지나 연락이 왔다.

사기꾼: 저기

저기? 저기를 보고 이후에 반성의 문자와 내가 받은 피해를 보상해 줄 안을 제안하나 싶어 15분을 기다렸다. 하지만 사기꾼은 아무 말도 덧붙이지 않았다.

나: 이미 고소장 접수했고요, 환불하시면 취하할 생각은 있습니다. 아니면 경찰서 가세요.
사기꾼: 그럼 이렇게 합시다. 화요일까지 물건 안 오면 돈 돌려드릴게요.
나: 제가 뭘 믿고요? 됐고 환불이나 하세요
사기꾼: 그럼 전요? 만약에 돈도 못 받고 물건도 없어지는 상황이 오면요?

기가 막힌 논리였다. 사기를 친 놈이 주제를 모르고 자기한테 피해가 생기면 어떡하냐는 식으로 적반하장에 나선 것이었다. 그 인간은 "저도 그거까지는 생각을 해 달라"고 끝끝내 본인에게서 도저히 찾을 수 없는 피해자성을 주장했다.

인터넷으로 고소장을 접수하고 나면 경찰서에 가서 직접 진정서를 쓰게 돼 있다. 다음 날 아까운 점심시간을 이용해 회사와 가까운 경찰서로 갔다. 살면서 경찰서 문턱을 또 밟다니 이 무슨 일인가 싶었다. 4~5년 전에 악플러를 고소

하러 방문한 이후론 처음이었다. 험악한 인상을 주는 건물 사이를 지나 사이버팀에 도착했다. 내 사건을 맡아 줄 담당 형사님은 다행히 친절한 분이었다. 너무 소액이라 되나 싶은 생각에 여쭤봤더니 "아, 이런 경우는 사기로 접수가 당연히 되고요"라며 내 판단을 지지해 주기까지 했다.

이윽고 다음 날, 뜬금없는 택배 문자와 함께 전화가 왔다. 택배기사인데, 착불이라 입금을 해 주어야 한다는 얘기였다. 고소에 겁먹은 당사자가 어떻게 티켓을 구해서 보낸 모양이었다. 회사에 나와 있는 상태라 옆지기에게 대신 택배 확인을 부탁했고, 오리지널 티켓이 무사히 도착한 사실을 확인했다. 분명히 나는 택배비 포함으로 입금했었는데 착불로 보내 기어이 3~4천 원의 손해를 입힌 이 괘씸함을 어떻게 할까 고민을 잠깐 했다. 하지만 우여곡절 끝에 물건도 받긴 받았겠다, 더 귀찮아지기 싫겠다, 당사자에게 적당히 '꼽을 주고' 경찰서엔 물건을 받았다는 취지로 적당히 얘기해 주겠다 한 뒤 연락처를 차단했다.

그로부터 대략 3일 뒤, 경찰서에선 신상을 확보해 출석을 요구했다는 알림을 보냈다. 전화를 드려 자초지종을 설명하니 담당 수사관님은 "무슨 말씀이신지는 이해했고요, 어쨌든 사기는 형사사건이라 처벌을 원하지 않는다고 하셔도 고소가 취하되는 건 아니거든요. 무튼 잘 알겠습니다"라고 답을 주셨다. 이 친구는 나 말고도 피해를 입힌 사람이 몇 있었기 때문에 이후에 어떻게 됐는지는 모르겠다. 설마 내가 얘기한 대로 잘(?) 해결이 안 되었다 하더라도 본인 업보지 뭐. 한번 크게 데일 뻔했으니 이후론 정신 좀 차리고 살고 있길 바란다.

직장인 2대 허언

직장인 2대 허언이라고 도는 말이 있다. 하나가 '퇴사할 거야'고, 둘이 '유튜브 할 거다'다. 많이 들어 봤거나 입 밖으로 습관처럼 꺼내곤 했던 사람도 있겠다. '퇴사할 거야'가 상대적으로 유구한 역사를 가지고 있다면, '유튜브 할 거야'는 급변하는 미디어 환경이 만들어 낸 신허언이다. 회사 같은 것에 속박되지 않고 하고 싶은 거 하면서 재밌는 영상도 만들고 생계도 해결하는, 혹시나 운이 좋으면 준 셀럽이 되어 부장이나 차장급의 연봉을 월에 버는 멋진 삶을 살 수 있기에 많은 직장인들이 꿈꾼다.

하지만 허언인 데는 이유가 있는 법. 누구나 '도비는 자유예요!' 짤을 배경화면으로 바꾼 뒤 나가고 싶겠지만, 한 달만 쉬어도 빠르게 줄어들 잔고 걱정에 쉬이 지르기 어려운 게 퇴사다. 유튜브도 마찬가지다. 어디 나도 유튜브 한 번 해 볼까? 작정하고 올려 본 영상의 조회 수는 십여 회나 겨우 넘길까 말까 해 십만 유튜버가 헛꿈이었음을 아프게 알려 준다.

내 주위로 좁혀 보면 이 '허언'들은 허언이라고 하기에 조금 갸웃해지는 수준으로 실체성이 올라간다. 퇴사할 거 야와 유튜브 할 거야의 실행 확률이 여타 직장인과 비교했을 때 상당한 수준으로 올라가서다. 현재 교류하는 친구들의 반 정도는 유튜브에 영상을 만들어 업로드하는 걸 업으로 한다. 대체로 방송국에서 일하고 있거나, 방송국에서 일한 경험을 갖고 있다.

영상은 업이니까 그렇다 치고, 퇴사는? 이는 방송국의 특성을 들 수 있겠다. 방송국에서 유튜브 영상을 만들어 업로드하는 친구의 대부분이(사실 방송국에서 걸어 다니는 사람의 반 정도는 정규직이 아니라고 봐도 크게 무리가 없다) 프리랜서 계약을 맺는다. 프리랜서라고 하면 일하고 싶을 때 일하고 쉬고 싶을 때 쉬는 쿨함, 자기 주도적으로 작업을 진행하는 프로페셔널함이 연상될 수도 있겠지만, 방송국 프리랜서는 계약직도 시켜 주기 싫어서 그보다 더 자르기 쉽게 계약하는 형태일 뿐이다. 계약직은 비정규직일지언정 어쨌든 고용을 한 형태지만 프리랜서는 고용이 아니라 '납품받는' 식의 계약이다. 방송국이 워낙에 사람 알기를 소모품으로 안다. 그래서 동료의 퇴사는 월례 행사다. 한자리에서 1년 정도만 해도 길게 일을 한 편이고, 2~3년 넘어

그깟 취미가

가면 고인물 취급을 받는다.

기획, 구성, 촬영, 편집, 디자인 등 유튜브를 운영하는 데 필요한 기술을 대체로 아는 친구들인 데다가 자의든 타의든 퇴사도 쉬운 환경. 그러면 '퇴사하기' 혹은 '유튜브 하기' 혹은 '퇴사하고 유튜브 하기'는 상당히 고를 만한 선택지다. 물론 '유튜브 아무나 할 수 있는 건데 무슨 기술이 꼭 필요하냐'라고 생각할 수도 있겠다. 맞는 말이다. 그냥 업으로 매일매일 영상을 만들던 사람들이다 보니 일반인 대비 상당히 높은 퀄리티로 영상을 제작할 수 있고, 유튜브 시장에 대한 이해도 있어 진입 장벽이 낮다는 정도로 생각하면 좋겠다. 유튜브에서 어떻게 하면 터지고 아니고에 대한 감이 그래도 조금씩은 있달까? 주위에 100만 조회 수 콘텐츠 몇 번 정도는 만들어 본 친구들이 꽤 있다.

그래서인지 나도 퇴사는 언제 할 건지, 유튜브 안 할 건지 묻는 얘기를 종종 들었다. 특히 렌즈나 마이크처럼 개인 카메라 장비를 추가하거나 바꿨다는 얘길 인스타그램에 올리면 "님도 이제 유튜브 하게요?"라는 DM이 돌아온다. 그럴 때마다 아니라고 손사래를 친다. 유튜브를 하고 말고는 단순히 영상을 다루는 기술이 있고 없고의 문제가 아니라서다.

유튜브 채널을 만들어 어느 정도 자리를 잡으려면 필요한 게 뭘까, 자주 생각해 봤었다. 유튜브 콘텐츠 제작이 업이라 그런 것도 있지만, 이렇게 허구한 날 남(회사)의 채널 영상 만들어 주다가 내 채널을 만들 가능성이 있기는 한지 생각해 보는 차원이기도 했다. 나름대로의 분석으로 내린 결론은 '자기 채널만의 무엇이 있냐 없냐'가 가장 중요하다는 것. 영상 자체의 퀄리티에 영향을 미치는 촬영이나 편집 같은 건 아무리 생각해도 딱히 중요한지 잘 모르겠더라. 내용만 시청자들의 관심을 끌 수 있으면 샷된 말로 퀄리티는 '개떡' 같아도 먹힌다.

유튜브 시대엔 자기 채널만의 무엇이 대중적으로 인기가 있는 소재인지 아닌지도 상관없다. 유튜브 시대가 매스미디어 시대와 가장 구분되는 건 일방적으로 전파를 쏴서 프로그램을 공급했던 과거와 달리, 비슷한 시청 취향을 가진 사람들을 훨씬 더 잘 묶어 '내 구독자'로 만들 수 있다는 점이다. 유튜브는 대중을 노려야 성공할 수 있었던 프로그램의 문법이 적용되지 않는다. 종류와 상관없이 비슷한 취향의 시청자들을 일정한 크기의 덩어리 이상으로 모을 수 있으면 어느 만큼의 성장을 손에 넣을 수 있다. 추천 알고리즘의 힘이고, 개인 맞춤형 콘텐츠의 힘이다.

내가 즐겨 보는 유튜브 채널만 해도 정말 종류가 다양하

그깟 취미가

다. 3D 펜으로 멋지고 재미있는 작품을 만들어 내는 사람도 있고, 신들린 마우스 컨트롤과 함께 <배틀그라운드> 게임 방송을 재미있게 하는 스트리머도 있다. 회사를 때려치우고 귀촌한 사람도 있고, 세계 여행을 하는 사람도 있으며, 매주 강아지와 캠핑을 다녀오는 사람도 있다. 마블 영화 소식만 물어오는 사람도 있고, 고기 요리만 하는 유튜버도 있다. 영상 퀄리티는 천차만별이다. 잘 찍는 사람도 있고 아닌 사람도 있고, 편집을 잘하는 사람도 있고 못하는 사람도 있다. 소재가 독특한 사람도, 대중적인 사람도 있다. 공통점이라면 하나같이 자기만의 무엇으로 수분간 사람들을 흡입할 수 있는 능력을 갖추고 있다는 거다.

이 '무엇'은 어느 하나의 카테고리로 묶이기엔 너무 다양하다. 그건 본인만 할 수 있는 소재가 될 수도 있고, 영상미가 될 수도 있다. 사람들을 빵빵 터트리는 말발이 될 수도 있고, 이도 저도 아닌 매력으로 '퉁쳐지는' 무엇일 수도 있다. 특정 분야의 지식일 수도 있고, 일단 저지르고 보는 실행력일 수도, 어떤 분야에 대해 마르지 않는 관심일 수도 있다. 이게 유튜브의 기본이다. 유튜브를 하고 싶은 사람은 스스로를 잘 돌아보면서 어떤 종류의 매력이든 하나 정도는 찾아야 한다.

같이 영상 일을 했던 친구들도 유튜브의 조건을 잘 알

고 있다. 나에게 유튜브를 하라고 했던 건 '얘는 장난감 이런 걸 좋아하니까 그걸로 유튜브 하면 되지 않을까?' 생각해서였다. 솔직히 스스로도 그런 생각 아예 안 해 본 건 아니다. 그런데 아무리 내가 좋아하는 취미라도 막상 덤비기는 어려웠다. 장난감(프라모델) 유튜버가 되려면 크게 봤을 때 세 개 중 하나는 되어야 할 것 같았는데, 나는 아래의 셋 중 어디에도 해당이 안 됐다.

첫 번째, 신상 프라모델을 꾸준히 구매하고 일주일에 한두 개 정도는 업로드하는 리뷰 유형의 유튜버다. 이들은 새로운 모형을 궁금해하는 사람들에게 최신 정보를 공급한다. 이런 유튜버가 되려면 꾸준히 프라모델을 사는 멋진 재력과 신상이 나오자마자 구매하고 리뷰 영상을 만들어 올리는 시간적 여유가 필요하다. 재력이 멋지지 않고, 자기가 좋아하는 것만 한정적으로 모으는 사람들은 할 수 없다.

두 번째, 도색이나 개조 등 단순 조립에서 넘어서는 기술을 보여 주는 유튜버다. 손재주가 특히 필요한 유형이다. 이들은 다소 밋밋할 수 있는 기성품을 각종 도구와 기술, 미술적 감각을 이용해 작품이라고 불러도 손색이 없게 재창조하고, 바뀌는 과정의 신기함을 영상으로 담아 보여 준다. 뭘 깎고 붙이더니 이전과 아예 다른 형태로 만들어 버리고, 양산품 색감보다 훨씬 더 어울리는 색을 입히기도 한

그깟 취미가

다. 근본적으로는 3D펜, 클레이, 가죽 공예, 팝업북 등 각종 손재주를 내세우는 유튜버들과 비슷하다. 이런 유튜버는 매주 신상 제품을 살 필요는 없지만, 작업을 할 수 있도록 돕는 줄, 사포, 프라판, 스프레이 도색 부스, 아트 나이프 등 수많은 공구를 갖춰야 한다. 무엇보다 '금손'이 필수다. 나도 학창 시절 내내 거의 미술부를 하면서 뭔가를 만드는 데 나름 자신이 있는 인간이었는데, 유튜브를 보니 손재주로 신계를 넘보는 사람들이 영상을 올리고 있어서 깔끔하게 포기했다.

세 번째, 영상 편집으로 커버하는 타입이다. 예를 들면 이런 영상이 있겠다. 프라모델은 부품을 런너에서 니퍼로 분리할 때 '틱' 하는 소리가 난다. 부품을 끼울 땐 플라스틱 부품들이 마찰하는 '끼익' 소리가 나고 맞아 들어가면 '딱' 하는 소리와 함께 끼워진다. 제작하는 모든 단계를 찍은 뒤, 이 소리가 나는 부분만 리듬감 있게 편집하면 약간 음악처럼 듣는 맛이 난다. 영상 컷을 자르고 붙이는 걸 수백 번 해야 한다는 점을 제외하면 작업 자체는 쉬운 축에 속하지만, 찍어 놓은 걸 감각적으로 이어 붙여 보는 재미가 생긴다.

어떤 프라모델 유튜버들은 '스톱 모션'이라는 기법을 이용하기도 한다. 어렸을 적 봤을 법한 〈핑구〉나 〈패트와 매트〉 같은 애니메이션을 제작할 때 쓰는 방법이다. 모형에 작은 움직임을 준 걸 한 장씩 찍고 모두 이어 붙여 마치 스스로 움직이는 것처럼 보이게 만드는 것이다. 이걸 프라모델 영상에 적용하면 부품 하나하나가 마치 혼자서 움직여 붙는 것처럼도 만들 수 있다. 영화 <아이언맨 3>에서 아머의 부분들이 토니 스타크에게 날아와 붙는 영상이 있는데 그것과 유사하다. 이런 영상은 나도 만들 수는 있다. 다만, 워라밸이 인생에서 중요한 가치인 내가 덤비기엔 작업 난이도가 영 흉악하다. 이런 영상을 만들려면 찍는 데 수(십) 시간, 편집에도 수(십) 시간을 써야 한다. 나는 일주일에 40시간을 겨우 일하는 사람이며, 혼자 보는 거라 대충 만들어도 되는 기록용 브이로그도 두세 달에 한 번 편집할까 말까 한 사람이다. 암, 어림도 없지.

대충 툭툭 찍어 올리는 영상이 아니고 제작에 몇 시간씩 써야 하는 영상을 취미로 만든다는 건 너무 힘들다. 그런 의미에서 본업이 있으면서 유튜브를 같이 하고 있다는 건 그 사람이 얼마나 독한지를 선명하게 보여 주는 일이라 생각한다. 나는 독한 인간이 못 된다. 퇴근 후 저녁이나 주말 시간을 할애해서까지 열심히 살고 싶지 않다. 일 끝나면 쉬고 싶다. 가만히 누워서 핸드폰으로 게임을 하는 시간이 필요하다. 게임 다 하면 유튜브도 봐야 한다. 저녁을 먹고 소화시키는 산책을 한 시간 정도는 해야 하고, 고양이에게 착 붙

그깟 취미가

어 쪽쪽 빨아먹는 시간도 있어야 한다. 아차, 가끔 갖고 싶은 장난감도 만들어야 한다. 이런저런 일을 하다 보면 다음 날을 위해 잘 시간이다. 도저히 유튜브가 끼어들 틈이 없다.

대체로는 다 비슷하지 않을까? 유튜브를 한다는 것, 특히나 본업이 있는 상태에서 유튜브를 한다는 건 정말 쉬운 일이 아니다. '유튜브 할 거야'가 괜히 스스로 밥줄을 끊는 결과를 불러오는 무시무시한 말인 '퇴사할 거야'와 함께 직장인 대표 허언이 된 게 아니다. 그래서인지 가끔 영상 만드는 걸 쉽게 생각하는 사람을 보면 어이가 없고 때론 업계 종사자로서 화가 날 때도 있다.

몇 분짜리 영상을 만드는 데는 최소 몇 시간에서 길게는 며칠이 걸린다. 우리가 가볍게 보는 한 시간짜리 예능은 붙어 있는 스텝만 해도 수십 명은 우습게 필요하다. 여유 있게 수십 명이 아니고 단계마다 필요한 사람들 빡빡하게 채워 놓은 숫자가 수십이다. 보는 사람이 즐기는 시간이야 짧을지 몰라도 그걸 만들어 내는 데 필요한 시간은 러닝 타임의 수십 배다. 요샌 또 얼마나 경쟁이 빡빡한지, 레드오션도 이런 레드오션이 없다. 성과를 내려면 각 잡고 시간과 돈을 써 가며 덤비는 시간을 또 한참 동안 가져야 한다. 그 터널은 또 얼마나 긴지, 6개월이 될지 1년이 될지 모른다. 사람을 더 답답하게 만드는 건 터널의 끝이 언제일지 알 수 없다는 데 있다. 언제쯤 햇살을 볼 수 있겠다는 걸 알면 버틸 텐데, 유튜브는 그런 것도 없다.

유튜브의 어려움은 유튜브용 장비를 마련할 때도 알 수 있다. 유튜브 장비를 마련할 때 가장 좋은 방법 중 하나는 당근이나 중고나라를 뒤지는 거다. 몇 번 쓰지도 않은 A급 상태의 유튜브 세트가 수두룩 빽빽하게 올라와 있다. 죄다 어디 유튜브나 블로그에서 '유튜브 풀세트'라며 소개한 영상을 보고 돈 1~200만 원은 족히 써서 맞춘 물건들이다. 그만큼 유튜브가 쉽지 않아서 포기하는 경우가 다반사란 증거다. 뭔가를 만드는 일이 이렇게 어렵다.

끔찍한 경험으로 남은 덕업일치

회사에서 영상을 만들 때 '디지몬이 로봇으로 진화하는 이유'를 제작해서 유튜브에 올린 적이 있다. 문제는 이 영상을 올린 게 내 개인 채널이 아니라 일로 하는 채널이었으며, 대외적으론 뉴스 채널을 표방하고 있던 채널이라는 거다. '아니 너 좋아하는 걸로 뉴스 만들어도 되나?' 할 수도 있는데, 내가 있던 팀은 소위 MZ세대를 타깃으로 하는 채널이었고, 뉴스 가치라는 건 세팅하기 나름이라 어떻게 만들었냐에 따라 뉴스가 될 수도 있고 안 될 수도 있다. 제작 PD로서 당시 인터넷 커뮤니티에서 화제가 된 짤이 있는 만큼 MZ세대에게 인기 있는 디지몬이나 포켓몬이라는 유구한 역사의 애니메이션 프랜차이즈의 내용을 분석하는 영상은 문화 아이템으로 만들 만하다고 판단했다.

아 그래, 물론 이 아이템을 제작하기로 결정한 데엔 약간의 사심이 섞인 거 인정한다. 하지만 아이템이 잘되려면 남이 어떻게 보더라도 제작자가 '아, 이거 너무 재미있는데'

싶은 부분이 있어야 한다고 항변해 본다. 그런 측면에서 이해되는 정도의 아이템 선정이었다. 자꾸 이런 설명을 붙이니까 내 혓바닥이 제페토 할아버지 앞 피노키오의 코마냥 길어지는 느낌이 들지만, 아이템 고르는 법에 대해서 주절주절 한 김에 조금 더 변명을 붙여 보겠다.

내가 종종 써먹었던 아이템 고르는 방법의 하나는 학술지 검색 서비스 활용이었다. 대학 생활을 했다면 한번 정도는 논문 검색하려고 방문하는 종류의 서비스다. 과제를 할 때 나무위키나 네이버 지식인을 주로 썼다고 하면 할 말이 없지만 여하튼, 이 사이트에서 일상적인 키워드를 넣고 논문 검색을 해 보면 간혹 흥미로운 논문들이 얻어걸린다. 가령 인터넷 커뮤니티에서 친목질이 얼마나 안 좋은 상황을 만들 수 있는지 탐색하고 그 이유를 밝혀 본 논문이랄지, 사람들이 왜 중고 거래에서 재미를 느끼는지 그 이유를 살펴보는 논문, 한국식 먹방 콘텐츠의 특성을 분석한 논문 같은 것들. 일상적인 이슈를 약간 깊게 들여다보면 알쏠신잡 류의 재밌는 부분들을 발굴할 수 있다. 이 포인트를 살리면 재미있는 지식 콘텐츠 영상을 만들 수 있어서 종종 제작에 활용하곤 했었다.

틈날 때마다 논문 사이트를 살피며 '나중에 써먹어야지…' 하고 다람쥐 견과류 저장하듯 외장하드에 저장해 놓

그깟 취미가

은 논문이 대략 서른 편 남짓. 그중에 하나가 「애니메이션 이미지의 '진화'에 관한 연구」라는 논문으로, 위에서 소개한 디지몬과 포켓몬의 진화에 따른 디자인 차이를 다루고 있었다. 요약하자면 디지몬은 거악을 처단하는 스토리를 중심으로 가다 보니 역경을 헤쳐 가는 주인공이 단계적으로 파워 업을 해야 하고, 악을 처치해야 하는 디지몬이 역할을 수행하는 경향이 있어 진화한 모습이 로봇이나 전사처럼 변하게 된다는 설명이다. 개인적으로는 너무 흥미로워서 언젠가는 꼭 영상 아이템으로 다뤄 보고 싶었다.

늘 그랬듯 아이템을 발제하기 위해 인터넷을 뒤져 보던 어느 날, 마침 포켓몬과 디지몬의 진화 차이를 다룬 짤이 커뮤니티 인기 글로 올라온 걸 봤고, 이때다 싶어서 아침 아이템 회의 시간에 발제했다. 아이템 회의에선 보통 다수결로 아이템의 통과 여부를 결정하는데 그때 딱 턱걸이로 통과가 됐다. 남들이 보기엔 '이게 아이템이 되나' 싶은 부분이 있었던 모양이다. 솔직히 말하면 스스로도 반신반의하고 있긴 했다. '아 나는 진짜 재밌는데, 다른 사람은 재미가 없으면 어쩌지? 그럼 영상 조회 수 망하고, 나도 망하는데.'

통과가 되었으니, 이제는 잘 만들어야만 하는 일이 남았다. 발제자 개인이 재밌다고 밀어붙인 아이템은 무조건 결과로 증명해야 한다. 반대나 우려를 무릅쓰고 자기주장을 끝까지 내세웠다면, 그것이 틀리지 않았음을 보여 주는 게 고집에 대한 책임이다. 그런 만큼 이 아이템의 조회 수가 적게 나오는 건 정말 상상도 하기 싫었다. 전략을 잘 짜야 했다. 내용을 설명하는 내레이션 멘트도 잘 만들어야 하지만, 동시에 시선을 잡고 있을 영상에서 최대한 보는 재미를 주는 것도 필요했다.

고민 끝에 선택한 인트로 전략은 ASMR 영상, 그것도 프라모델 조립 ASMR의 형식을 차용하는 것이었다. 런너에서 부품을 떼어 낼 때 발생하는 소리를 연속적으로 리드미컬하게 담아서 보는 재미와 듣는 재미를 동시에 주는 포맷이다. 부품을 떼어 내는 틱틱티티티티틱탁틱 하는 소리를 듣다 보면 어느새 부품이 착착착 붙어서 결국 하나로 완성이 된다. 영상적으로 리듬감이 굉장히 좋아서 시청자를 끌어당길 만하다고 판단했다.

나의 원대한 계획은 이랬다. 조립 ASMR 영상을 처음 얼마간 흘려서 시선을 잡아 둔다, 논문 내용에 내가 리서치한 내용을 추가하여 재밌게 풀어 가면서 내용발로 시청을 유지시킨다. 종합적으로는 '흥미로운 소재로 유입시켜 교양을 전달하는 보는 재미가 있는 영상'. 그러면 최소한 망하진 않을 것 같았다.

이 목적을 달성하기 위해서 뭐가 필요할까? 디지몬이

159

그깟 취미가

로봇 같다는 걸 보여 주려면 그 모습이 있어야 하는데, 아무리 자료 목적으로 공식 채널의 홍보성 트레일러 영상 같은 것에 한정해 출처를 밝히고 쓴다고 해도 줄곧 그런 것만 쓸 순 없는 노릇이다. 영상을 찍어 화면을 만들 수 있는 모형이 필요했다. 조립 ASMR도 보여 줘야 하니 당연히 프라모델이 필요했다. 그래서 디지몬 프라모델과 포켓몬 프라모델을 하나씩 샀다.

디지몬을 발제한 것도 모자라서 프라모델을 구매해 영상을 찍다니, 이거 완전히 일 핑계로 사심 채우는 거 아닐까 생각할 수 있다. (실제로 영상이 나간 후 PD가 사심 채웠다는 식으로 이를 지적하는 댓글도 달렸다.) 부분적으로는 맞다. 35% 정도는 인정. 아이템이 통과됐을 때만 해도 '법카로 프라모델을 사서 만들어 찍으면 너무 재밌지 않을까!' 그런 기대가 컸다. 오해가 붙을 것 같아 첨언하자면 영상 제작자로서 내가 잘하는 것 중 하나는 모형이나 소품을 잘 활용하는 미니어처 느낌의 영상 제작이다. 그냥 대책 없이 산 건 아니었다. (당연한 소리지만, 촬영 때 사용한 그 로봇 집에 가지고 오지 않았다.)

재미있겠다는 기대도 잠깐, 작업을 진행하면 할수록 팀장 눈치가 너무 보였다. 당시 팀에선 영상을 본격적으로 제작하기 전에 영상 구성안을 가지고 팀장 피드백을 받는 시간이 있다. 이 단계에서 팀장이 "ㅎㅎ 야 나는 진짜 모르겠다야. 그래도 한번 해 봐"라고 이야길 했다. 좋게 말하면 믿어 주는 거고, 나쁘게 말하면 제작자의 부담을 대폭 올린 거다.

상황이 이렇다 보니 영상을 찍기 위해 프라모델을 만드는 과정도 전혀 재미있지 않았다. 유튜브 영상이 보기엔 단순해도 퀄리티 있는 영상을 만들어 찍으려면 고민하는 시간이 상당히 길다. 처음 찍는 콘셉트와 구도라면 시간은 배가 된다. 조명을 이렇게 쳐 보고, 위치도 여러 번 옮겨 보며 빛이 피사체에 어떻게 묻는지, 그림자가 지는 정도는 괜찮은지, 전체적인 미장센과 어우러지는지 체크한다. 카메라 화각도 여러 번 바꿔 가며 시행착오를 거친다.

안 그래도 처음 찍어 보는 구도라 시간이 속절없이 흘러가고 있는데, 이 프라모델 조립도 일로 하려니 너무 오래 걸려서 짜증이 치솟았다. 프라모델이라는 게 아무리 대충 툭툭 떼서 만든다고 해도 몇 시간은 필요하다. 설명서를 보면서 몇 번 부품이 어떻게 조립되는지 찾고, 방향과 순서에 맞게 끼워야 한다. 혼자 조립하다 보니 오늘 집에 갈 수 없겠다는 서늘한 감각이 뒷목께에 강하게 서렸다. 결국 당일 오후에 조금 여유가 있던 다른 팀원의 손을 빌렸다. 원래 프라모델을 만들 때는 부품 하나하나 조립하면서 파츠별로 완성되는 즐거움이라는 게 있는 건데, 일로 하려니까 즐거움은 온데간데없고 피로함만 세 배로 쌓였다.

여차저차 우여곡절을 거치고, 겨우겨우 영상을 만들어 냈다. 완성되고 올리기 전 팀원들과 함께 최종 검수를 했다. '시사'라고 부르는 절차다. 시사하는 동안 사람들 표정을 보니 이건 아무리 봐도 영 아닌 반응이었다. 아 좀 많이 쎄하다, 생각하면서 업로드를 진행했다.

좋은 느낌은 배신하는 경우가 많지만, 불안한 느낌은 대체로 적중한다. 전날 저녁에 올라간 영상은 공개한 지 대략 열두세 시간이 지난 아침 기준으로 채널 아이템 조회 수 평균에 한참 미달하는 수치를 기록했다. 나는 전날부터 마음이 착잡한 상태였다. 갑자기 이유도 없이 '떡상'하는 경우가 아니라면 그 영상의 조회 수가 어떻게 나올지는 보통 공개 후 한 시간 안에 판가름이 난다. 이 영상의 조회 수가 망할 것이라는 걸 어제 퇴근길에 이미 알았다는 소리다.

발행 이후 퇴근하는 내내, 집에 도착해서도 한참 동안 정말 시도 때도 없이 유튜브용 관리자 앱인 '유튜브 스튜디오 앱'에 들어가서 조회 수를 확인했다. 확인만 한 것이 아니다. 내가 쓸 수 있었던 노트북 두 대와 핸드폰 한 대에서 해당 영상을 켜고 거의 한 시간 내내 반복 재생을 돌렸다. 이런 경우 조회 수 카운트가 어떻게 되는지는 잘 모르고, 그렇게 해 봐야 수십 회에 불과해 잘되고 말고의 대세엔 전혀 영향을 줄 수 없지만 그렇게라도 하지 않으면 안 될 것 같았다. 한마디로 절박했다. 지금 돌이켜 봐도 일하면서 가장 땀났던 순간 중 하나다. 정말 조회 수 때문에 이래야 하나 자괴감이 들고 괴롭고. 하지만 이런 노력에도 불구하고 조회 수는 끝끝내 안 나왔다.

다음 날 아침 회의 분위기는 정말 아사리판이 났다. 초상집이라면 절대 호상은 아니었겠구나 추정할 수 있을 정도의 분위기. 내가 이 팀에서 일한 2년 3개월의 시간 동안 가장 기분이 안 좋았던 날 TOP 5를 꼽으라면 한자리 당당하게 차지하고 있을 정도로 분위기가 안 좋았다. '그냥 무난하게 만들 것이지 왜 일하면서 욕심을 부려 가지고 이 사단을 만들었나' 하는 자괴감에 점심 땐 밥도 안 넘어갔다. 유튜브 보면 덕업일치를 해서 행복하단 사람 많던데 왜 내 결말은 슬플까. 정말 다시는 일과 취미를 섞지 말아야지. 일은 때때로 모든 걸 맛없게 만들어 버리는 마법의 양념장 같은 것이어서 아무리 좋아하는 재료라 해도 살릴 수 없을 때가 있다는 걸 뼈저리게 깨닫고야 말았다.

이대로 끝나면 굉장히 속상한 에피소드인데, 사실 제목대로 마냥 끔찍하게 끝나진 않았다. 이틀 뒤부터 이상한 일이 벌어진 것이다. 갑자기 이 영상이 뒷심을 받아서 조회 수

그깟 취미가

가 쭉쭉 치고 올라가 주간 영상 1위를 차지했다. 조회 수 낮은 아이템이 갑자기 터지는 경우가 없는 건 아닌데, 대체로 몇 달 지나서 뜬금없이 터지지 이렇게 이틀 뒤에 올라가는 경우는 본 적이 없어서 어안이 벙벙했다. 이미 회의 분위기는 시원하게 말아 놨는데 이제 와서 오를 일은 뭔가 싶으면서도, '내가 마냥 틀리진 않았구나. 그래, 이렇게라도 돼서 다행이다' 싶기도 한, 그런 복잡미묘한 감정. 일주일 내내 상한가를 친 그 영상은 주말쯤엔 15만가량의 조회 수를 기록하고 마무리가 됐다. 디지몬 친구들이 뒤늦게 도와주기라도 한 걸까? 정말 그런 거라면 고맙다고 절이라도 하고 싶다.

로봇도 조연이 있죠

드라마에도 조연이 있듯 만화에도 조연이 필요하다. 로봇 만화라고 해서 다르지 않다. 스토리 진행에 썩 중요한 역할을 하진 않지만, 그래도 비어 있는 화면을 채워 줄 존재는 있어야 한다. 많은 가짓수의 장난감을 팔고 싶은 어른의 사정은 덤이다.

조연은 보통 3대나 4대의 로봇이 합체해서 하나의 거대 로봇을 만든다. 특징으로는 1. 대사가 별로 없고 합체 전엔 목소리도 없는 경우가 왕왕 있으며, 2. 약하다. 주연 로봇의 멋짐을 강조하기 위해선 악당이 포스를 보여 줘야 하고, 조연 로봇들은 악당의 포스를 드러내기 위한 장치로서 몇 대 맞는 역을 담당한다. 극의 갈등이 고조되는 후반부에선 갈등을 증폭시키기 위해 너무 많이 맞아서 죽기도 한다.

모든 걸 다 가질 순 없나요: 그레이트 합체 로봇

　용자물이 일반적으로 따라가는 클리셰에는 '주역 로봇의 리타이어(Retire)'가 있다. 초반부에 극을 끌어가던 주역 로봇에게 모종의 이유로 거대한 고난이 한번 찾아오는, 극 전개상 일종의 전환점으로 기능하는 장면이다. 로봇 만화의 기본 플롯은 악당이 등장하고 -> 사회에 피해를 입히면 -> 로봇이 등장해 -> 변신/합체로 악을 처단하고 마무리되는 흐름이다. 애니메이션 한 시리즈는 이걸 한 회차에 담은 후 무수히 반복한다. 한두 번이야 멋지지만 열 번 스무 번 계속하면 승리의 감흥은 갈수록 떨어지게 마련. 제작진은 이때쯤 주역 로봇의 패배를 통해 분위기를 전환한다. 소설에 비유하면 발단, 전개, 위기, 절정, 결말 중 위기에 해당하는 단계다.

　리타이어 단계의 주역 로봇은 죽음에 상응하는 형태(박살이 났거나, 어딘가에 파묻히는 등)에 처하고 주인공 진영에 전례 없던 위기의 먹구름이 드리우며 극의 갈등 그래프는 높게 치솟아 오른다. 이 정점에서 '세컨드 주역 로봇' 역할을 하는 로봇이 등장한다. 이름부터 2인자의 냄새를 폴폴 풍기는 이 로봇은 주역 로봇의 빈자리를 꿰차고 들어와 갈등을 고조시킨 적을 처치하고, 주역 로봇의 리타이어로 고조된 갈등을 일시에 해소한 뒤 잠시 동안 주인공의 자리에 서기까지 한다. 만화 한 편이 끝날 즈음에 적에게 막타를 때려 한 편의 에피소드를 종료시키는 주역 로봇의 역할도 물려받는다.

그래도 주역 로봇이 오래 빠져 있지는 않는다. 대략 3~4화 정도 후에 다시 등장한다. 이때 선물을 하나 가지고 돌아온다. 자신의 역할을 대신했던 세컨드 주역 로봇을 일종의 강화 파츠로 사용해 한 대의 로봇이 되는 '그레이트 합체' 기믹이다. 악당을 상대하는 로봇 만화의 스토리 전개상 주인공 로봇은 꾸준히 강해져야 하는 숙명을 안고 있다. 판타지나 무협 소설의 주인공은 기연을 만나거나, 영약을 먹거나, 환생해서 빠르게 레벨 업을 하는 식이지만 로봇이다 보니 고급 휘발유라면 몰라도 영약 같은 건 먹을 수가 없다. 로봇은 대체로 합체를 통해 강해진다. 그중에서도 그레이트 합체는 애니메이션 시리즈의 마무리 단계에서 최종 장의 보스를 잡기 위한 형태다. 가히 로망의 끝이라고 말할 수 있다.

그깟 취미가

그레이트 합체. 합체 로봇물의 팬이라면 듣기만 해도 가슴이 웅장해지는 단어. 로망 중의 로망. 로봇물이 선사할 수 있는 최고의 카타르시스 중 하나. 안 그래도 멋진 주역 로봇과 두 번째로 멋진 세컨드 주역 로봇의 합체라니, 마치 피자나라 치킨공주에서 파는 피치세트 같은 것이라 하겠다. 그레이트 합체는 로봇 만화에서 보여 줄 수 있는 최고의 장면답게 연출부터 힘이 잔뜩 들어가 있다. 합체라도 한번 할라치면 땅이 갈라지고 용암이 솟구치며 쓰나미가 몰려온다. 이렇게 재난을 일으키다니 과연 지구를 지키는 로봇인가 싶지만 어쨌든 멋지니까 용서가 된다. 멋지게 합체해서 등장한 그레이트 로봇은 예전에 쓰던 것과 비교가 안 되는 거대한 칼이나 대포 같은 것을 활용해 적을 처치한다. 바뀐 무기나 이펙트, 배경에 깔리는 처형음까지 그 위압감이 초기와는 비교가 안 된다.

애니메이션에서는 이렇게 멋지게 나오는 로봇이지만, 장난감으로 넘어오면 약간 애매해진다. 기본적으로 변신하고 합체하는 장난감은 예쁘게 만들기가 어렵다. 변신합체 장난감은 멀티펜 같은 물건이다. 삼색 멀티펜만 되더라도 기존 펜보다 많이 굵어져 잡기도 조금 불편하고 못생겨진다. 하물며 그레이트 합체 로봇 장난감은 어떻겠는가. 이건 삼색 멀티펜을 두 개 합쳐 육색 멀티펜을 만드는 것 같은 일이다. 대체로 단색 볼펜이 얇고 예쁘게 나오는 데 반해 육색 멀티펜은 색깔이 여섯 개 나온다는 데만 치중해 가래떡 수준으로 굵어진다. 장난감도 그렇다. 변신이나 합체 같은 기능을 하나씩 추가하려고 할 때마다 비율 좋고 멋진 로봇을 만들기가 어려워진다. 그냥 로봇일 땐 몸통의 형태만 있으면 되지만 변신 로봇이면 비행기 앞부분이면서 몸통이야 하고, 합체 로봇이면 합체 로봇의 가슴팍이면서, 비행기 앞부분이면서, 로봇의 몸통이어야 한다. 하물며 여기에 그레이트 합체 기능을 넣으면 그레이트 로봇의 허리 장식이면서, 합체 로봇의 가슴팍이고, 로봇의 몸통이면서, 비행기의 앞부분이어야 한다. 모든 조건을 만족하면서, 모든 형태에서 그럴싸한 모습을 갖기가 쉽지 않다.

애니메이션에선 작화로 커버하지만, 실제 물리적인 질량과 부피를 가지는 장난감 로봇이 되면 현실 세계의 법칙에서 도저히 도망갈 수가 없다. 만화 속에선 늘씬하면서도 적당한 양감을 자랑하는 잘빠진 로봇이었는데, 정작 내 손에 잡히는 장난감은 팔 달린 자동차, 뚱뚱한 전투기 같은 게 되어 버린다.

만화 속 멋진 로봇의 모습을 더 갖고 싶은 사람의 수도 상당하다 보니 용자물의 아이덴티티인 변신과 합체를 포기한 제품이 나오기도 한다. 합체도 못 하고, 변신도 못 하지만 멋진 비율과 관절 가동성, 애니메이션에서 튀어나온 것 같은 비주얼을 가진 피규어다. 이도 저도 아닌 길을 포기하고, 외형에만 역량을 모은 결과다.

하나에만 집중한 제품을 보면 '아, 이쪽 비율이 만화 같긴 하네...' 싶으면서 뭔가 진 것 같은 느낌이 든다. 여기까지는 그래도 입맛을 다실 뿐 나쁘지 않은데, 이 제품을 찬양하면서 변신 및 합체를 구현하느라 멋진 비율을 희생한 로봇을 까 내리는 사람을 보면 이내 짜증이 난다. 자기가 좋아하는 걸 자랑하는 척하면서 사실은 평소에 하고 싶었던 비난을 이때다 싶어 일삼는 태도 때문이기도 하지만, 그것보단 근본적으로 뭐랄까 변신과 합체, 프로포션을 다 잡아 보려다가 기믹과 외형 중 어느 하나 확실하게 잡지 못한 로봇에서 내 모습의 일부를 보는 것 같은 기분이 들어서다.

나는 콘텐츠를 기획하고, 리서치를 거쳐 글로 풀어내는 일을 주로 해 왔다. 일하다 보니 욕심이 생겼다. 요새 콘텐츠는 다 플랫폼을 타고 돌아다니는데, 이 콘텐츠를 제작하는 데 필요한 '요즘' 기술을 모르면 뒤처질 것만 같았다. 처음엔 코딩을 조금 배워 보다가, 나중엔 영상 편집에까지 손을 뻗쳤다. 그렇게 뉴미디어 영상 분야에서 몇 년간 일을 했다.

　뉴미디어 영상 분야가 다른 영상 분야와 다른 점 중 하나는 제작 단계에서 업무 분화가 덜 되어 있다는 것이다. 이 바닥 제작자들은 기획도 할 줄 알고, 편집이나 촬영도 동시에 할 줄 아는 변신 로봇 같은 사람이 많다. 이들 가운데서 글만 쓸 줄 아는 사람으로 일하다 보니 다른 제작자처럼 이것도 하고, 저것도 할 줄 아는 사람이 되고 싶어졌다. 프리미어*의 시커먼 편집 창에서 뭔지도 모르겠는 알록달록한 것들의 값을 조정해 가며 영상 효과를 주는 게 멋져 보였다. 편집으로 시작한 욕심은 촬영, 포토샵, CG까지로 늘어났다. 입만 열면 "혼자서도 만들 수 있는 사람이 되고 싶다" 하면서 이 툴 저 툴 옮겨 다니며 욕심을 부렸는데, 2~3년 정도 시간이 흐르자 진짜 전부 다 조금씩은 할 줄 아는 사람이 됐다.

　뿌듯했다. 그러나 이내 이것저것 할 줄 아는 사람의 단점을 깨달았다. 사람 능력치라는 게 거기서 거기라, 이것저것 할 줄 안다는 건 곧 특출나게 잘하는 게 없다는 말과 같았다. 오히려 다양한 스킬을 쌓으면서 내가 가졌던 가장 높은 스킬마저 고만고만한 상태가 되어 버렸다는 걸 알게 된 후엔 약간의 당혹감마저 들었다. 편집프로그램 단축키와 카

* Premiere Pro, 어도비(Adobe)의 동영상 편집프로그램

그깟 취미가

메라 버튼을 만지고 익히는 동안 자료를 스크랩하고 시장의 흐름을 따라가며 글로 정리하는 스킬이 둔해졌다. 곧잘 생각을 정리해 글로 내뱉을 수 있었는데, 두어 문장을 타이핑했다가 맘에 안 들어 지우는 일이 잦아졌다.

이것저것 할 줄 알게 되면 개인 유튜브 정도는 무리 없이 할 수 있고, 소규모 팀 단위 프로젝트도 손쉽게 진행할 수는 있다. 그러나 그 이상이 되는 레벨의 콘텐츠를 제작할 수는 없다. 좀 더 대규모의 영상 프로젝트는 여러 파트의 전문가들이 모여서 만들어진다. 리서치를 정말 잘하는 사람, 정말 잘 찍는 사람, 정말 오디오를 잘 따는 사람, 파일 관리를 정말 잘하는 사람들이 수십 명 넘게 모인다. 이런 자리에 이것저것 애매하게 하는 인간이 낄 자리가 있을까? 하다 못해 게임에서도 고급 던전을 돌 때 파티를 구하면 탱커-딜러-힐러-서포러로 명확하게 롤이 구분되어 있다. 현실에선 더하면 더했지 덜할 리가 없었는데 조금 순진했나 하는 후회도 들었다. 나의 영역을 확장하자고 도모한 일이, 내 영역을 제한 짓는 상황을 만들었다. 구급차도 되고, 로봇으로도 변신할 수 있게는 됐는데, 영 모양새는 빠지는 장난감처럼 되어 버렸다.

문제가 무엇인지 명확하게 아는 것의 다음 단계는 수정이다. 그래서 내가 고칠 생각이 있느냐, 글쎄 아직은 별로 없다. 나는 원작에서 변신이든 합체든 기믹이 있었는데 해당 기믹이 삭제된 로봇을 모은 역사가 없다. 변신 시 비율을 맞추기 위해 교체 부품을 최소한으로 썼거나, 부분적으로 로봇이든 비클 형태든 비율을 조금씩 희생해서 중간 어딘가를 찾은 로봇을 샀다. 안 샀으면 안 샀지 해당 기믹을 포기하면서까지 어느 하나만 멋지게 달성한 로봇은 사지 않는다.

주로 모으는 로봇 브랜드 중에 <식완 모델링 프로젝트>(Shokugan Modeling Project, 약칭 SMP)라는 시리즈가 있다. 주로 전대물이나 용자물 등 슈퍼로봇군을 모형화하는 브랜드인데, 원래 '슈퍼 미니프라'라고 불리던 시리즈에서 시작했다가 리브랜딩한 이름이다. 이 시리즈의 가장 큰 특징이라면 이것저것을 다 담아 골고루 즐길 수 있는 장난감을 만들겠다는 목표를 갖고 있다는 것. SMP라는 이름엔 극중 모습과 기믹(Scene), 가동성(Motion), 조형과 외관(Proportion)을 모두 노려 보겠다는 포부도 들어 있다.

초기엔 좀 아쉬운 모습을 보여 주기도 했었다. 가격 대비 플라스틱 품질도 좀 조악하고, 극 중 기믹을 제대로 구현하지 못하고 대충 처리한 부분도 많았다. 하지만 이 시리즈는 시행착오를 거치며 제작 노하우를 쌓아 소비자들로부터 지적받았던 단점들을 개선했고, 현재는 슈퍼로봇 모형에서 도저히 어려울 것이라 생각되는 기믹과 가동성, 프로포션을 모두 손에 쥐는 데 어느 정도 성공했다. 모든 걸다 백 퍼센트로 구현했다기보단 그 요소들 사이에서 균형점을 잘 찾았다. 특히 어려울 것이라 생각했던 그레이트 합체 용자의 모형도 완성된 수준의 기믹과 가동성, 프로포션의 조율로 구현했으며, 성공에 힘입어 후속 라인업도 전개하고 있다.

내 일도 꾸역꾸역 하다 보면 이 장난감처럼 언젠가는 훌륭한 균형점을 찾을 수 있지 않을까 기대해 본다. 스페셜리티를 가진 제너럴리스트가 된다! 아, 제너럴리티를 가진 스페셜리스트인가? 정확하게 뭐였는지 헷갈리지만 중간 어딘가에 길이 있긴 하겠지 생각하고 계속 가 보는 거다. 요새 많이 쓰이는 말 중에 '가 보자고'를 좋아한다. 이 말엔 앞으로의 진행 과정에서 어려움이나 난관이 있을 걸 예상하면서도, 어떻게 되든 일단 하는, 일단 하면 어떻게든 될 것이라고 믿는 긍정의 감각이 담겨 있다. 일단 가다 보면 길이나오겠지. 언젠가는 '그레이트'한 결과물을 낼 수 있겠다는 기대를 품고 한번 가 보는 거다.

25년 전의 나는 몰랐지,
이런 장난감을 갖게 될 거라고

옆지기와 나는 서로의 소비를 제어하기 위한 룰을 하나 갖고 있다. 필수품이 아니거나 누가 봐도 필요성이 애매한 경우 상대방의 동의를 얻자는 거다. 생각보다 자주 활용하는 제도다. 최근 기억을 되짚어 보자면 취미용으로 갖고 있는 카메라에 27만 원짜리 카메라용 외장 샷건 마이크를 달려고 했을 때 한 번, 이미 키보드가 세 개인 상황에서 17만 원짜리 휴대용 기계식 키보드를 하나 추가하고 싶을 때 한 번 사용했다. 옆지기는 각종 뜨개용 실이 옷이나 목도리가 되지 못한 채 책 대신 책장을 잡아먹고 있는 상황에서 실을 또 구매할 때 주로 사용한다.

'이건 필요하다'라는 상식적인 차원의 공감대가 작동하지 않을 경우 적용되는 룰이기 때문에 주로 취미 관련 물품에 사용된다. 대부분의 장난감을 살 때마다 "이 장난감은 내가 어렸을 때부터 꼭 갖고 싶었던 (여러 가지 중) 하나이기 때문에 사야 해" 혹은 "내가 지금 장난감을 조립한 지 석 달

그깟 취미가

이 흘렀으니까 하나 정도 만들 때가 됐어" 또는 "이건 나올 때 사지 않으면 나중엔 구할 수 없어"라는 식으로 발표 자료 없는 짧은 프리젠테이션을 하고 구매 허락을 얻는다. 물론 옆지기는 이게 허락을 받을 때까지 허락을 구하는 일이라 그걸 허락이라고 부를 수 있는가에 대해 의문을 제기하긴 하지만, 그래도 형식적 절차는 잘 지키고 있다.

그런데 가끔은 이 합의된 과정에서 벗어나는 경우가 발생한다. 허락 없이 구매할 때가 있다는 말이다. 이쪽 취미 분야에서 오래전부터 격언처럼 내려오는 말이 있다. '허락보다 용서가 쉽다'. 뭔가를 사기 위해 (대체로는 아내의) 허락을 먼저 받는 것보단 일단 사 버린 후에 허락 없이 산 행위에 대해 용서를 구하는 게 빠르다는 얘기다. 이는 납작 엎드린 '반성적 태도'+'그만큼 절박했으리라는 이해'+'이미 벌어진 상황을 뒤집는 것에 대한 번거로움'이라는 자그마치 세 가지의 콤비네이션을 통해 상대방의 포기를 노려 보는 전략이다. 단, 자주 사용할 경우 상대방이 가진 관대함 허용치를 넘을 수 있으니 주의가 필요하다.

이 전략으로 구매한 첫 로봇은 '파이어 다그온'이다. 파이어 다그온과 나의 인연은 27년 전쯤으로 거슬러 올라간다. 시골집 마당에서 자주 가지고 놀았던 로봇, 특히나 자주 사서 만들었던 500원짜리 식품완구다. 이 로봇은 몸체인 큰 비행기와 양팔을 이루는 소방차와 구급차, 가슴팍에 들어가는 경찰차까지 네 대의 탈것이 합체하는 구성이다. 용자 시리즈 중 <용자지령 다그온>이라는 애니메이션에 나온 주인공 로봇인데, 디자인도 맘에 들고 구성도 알차 자주 구매했던 장난감이다. 설날에 받은 세뱃돈을 투자해 무려 2만 원짜리 장난감을 산 적도 있었다.

나이 먹고 로봇 프라모델 취미를 갖게 된 후에 이 로봇을 갖고 싶어 검색을 해 봤지만 아쉽게도 살 수 있는 물건이 마땅히 없었다. 파이어 다그온뿐만 아니라 용자 시리즈의 조립 장난감이 시장에 거의 없었다. 처음으로 이쪽 취미를 갖게 해 준 <카바야 용자식완> 시리즈는 인기가 충분하진 않았는지 3탄을 끝으로 시장에 더 나오질 않았다. 용자 시리즈가 30년가량 될 정도로 오래된 애니메이션이라 완구화가 안 되는 것도 있었지만, 무엇보다 오래도록 많은 팬을 확보하고 있는 건담 시리즈만큼의 인기가 있는 게 아니라는 점이 컸다. 이 시리즈의 로봇은 제품화된 것 자체가 거의 없었고, 있다고 해도 취미로 사 모으기엔 하나하나가 너무 비쌌다. 애니메이션 방영 당시 문구점에서 구할 수 있었던 고전 용자 장난감은 골동품처럼 귀해져서 추억 하나만 보고 사기엔 가격대가 너무 높았다. 공급이 끊긴 장난감이라 그런지 수십만 원을 호가했다. 몇 개만 사면 바로 월급이 날아가

그깟 취미가

는 가격이다. 장난감 제작 기술의 수준이 지금보다 훨씬 낮았을 때라 가격을 감안하고 사기엔 전체적인 모습도 지나치게 투박하고 구수했다. 그나마 제대로 제품화된 물건들은 비싸도 너무 비쌌다. 하프아이라는 일본의 한 소형 스튜디오에서 내놓은 '그레이트 마이트가인'은 100만 원이 훌쩍 넘는 어마어마한 가격을 자랑했다. 100만 원이면 그때 내던 하숙집 방세 기준 두 배였다. 도저히 손이 안 갔다. 미련을 버리고 결국 품질 훌륭하고 가격대도 괜찮은 건담 위주로 취미 생활을 이어 갔다.

간절히 원할 땐 절대로 오지 않더니, 마음을 내려놓으니까 오는 것들이 있다. 이 장난감도 그랬다. 용자 시리즈가 출시 30주년을 맞네 어쩌네 하면서 입체화 희망 로봇을 묻는 설문 조사에 관련 로봇들이 오르내리기 시작하더니 2020년 2월, 수많은 용자 시리즈의 로봇 중 하필이면 바로 그 파이어 다그온이 7~8만 원대의 장난감으로 입체화되는 게 확정됐다.

제품화가 발표되고 시간이 어느 정도 흐르면 CG로 만든 이미지가 공개된다. 안 그래도 전작이 상당히 잘 나왔길래 한껏 기대했는데 이게 웬일, 그 기대마저도 훌쩍 뛰어넘어 버리는 훌륭한 모습이었다. CG 이미지 속 로봇은 완벽한 색 분할과 비율, 가동성을 갖추고 있었다. 가격은 7만 원대. 같은 크기에 좀 더 좋은 품질의 건담 프라모델이 대략 2~3만 원대인 걸 감안하면 2~3배가량 비쌌지만, 건프라에 비해 소량 생산되는 물건이고 25년 전에 나왔던 500원짜리 장난감과는 품질이 비교 자체가 안 되는 수준이었음을 감안하면 충분히 납득되는 가격이었다. 너무 비싸서 침만 삼켰던 100만 원짜리보다도 품질이 좋은 장난감이라니. 하루에도 몇 번을 커뮤니티 게시판에 들어가, 봤던 CG 이미지를 보고 또 봤다.

시간이 지나 출시 예정일이 나오고 예약 구매를 받는 시점. 이런 물건은 거의 시장에 처음 나오는 것과 다를 바 없기 때문에 물량을 보수적으로 찍었을지 아닐지 짐작할 수 없다. 때를 지나면 가격대가 말도 안 되게 치솟게 되니 무조건 나왔을 때 물량을 확보하는 일이 중요했다. 퇴근하고 집에 가서 허락받는 일련의 과정을 거치느라 예약 물량이 다 나가 버리는 위험을 초래할 순 없었다. 예약을 열어 둔 한 쇼핑몰을 통해 바로 사 버렸다.

이후로 개발이 완료되고 양산을 거쳐 파이어 다그온 실물이 내 손에 들어오기까지 걸린 시간은 열 달. 눈 내릴 때 커뮤니티로 소식을 접하고 다시 눈 내릴 즈음에서야 실물로 가질 수 있게 됐다.

화면으로만 보던 물건의 실물을 본다는 건 설레는 일이다. 괜히 택배가 '나에게 주는 선물'이라는 별명을 갖고 있는 게 아니라는 걸 가슴 뛰게 체감하는 시간. 계단을 올라서면 슬그머니 모서리를 드러내는 박스를 보는 기분은 오랜만의 약속에 멀리서 손 흔드는 친구를 보는 기분과 비슷하다.

도착한 박스를 까고 아직 조립되지 못한 상태의 장난감 런너들을 보면서는 약간 벅찬 감정까지 들었다. 그 기분을 조금 더 오래 느끼고 싶어서 내용물을 확인한 뒤 다시 넣어뒀다. 택배를 수령해 확인한 것만으로도 하루치의 기분 좋음은 차고 남았다. 태어난 이후로 아이스크림은 빨아먹지 않고 항상 으적으적 씹어 해치우는 급한 성격이었지만, 이 날만큼은 조금 아껴서 즐기고 싶었다.

한 주의 남은 평일을 끝내고 주말에 밀린 청소와 빨래를 했다. 점심도 해 먹고 딱히 할 게 없는 오후 3시가 찾아왔고, 공구를 챙겨와 자리를 잡았다. 설명서를 훑고 조립에 필요한 런너를 꺼내 펼쳐 놨다. 아직 로봇이 되지 못했지만 로봇의 부분들을 담고 있는 색색의 플라스틱 부품을 보며 감탄을 금치 못했다. 부품 상태의 디테일을 뜯어 보는 시간은 조립 장난감만이 줄 수 있는 특유의 즐거움이다.

25년 전에 만들었던 장난감과 어떤 차이가 있고 어떤 부분이 비슷한지 살펴보면서 로봇을 만들어 갔다. 같은 로봇을 입체화시킨 장난감인 만큼 비슷한 곳도 많았고, 시간이 많이 흘러 더 나은 기술이 적용된 곳도 있었다. 가격대 자체가 다른 물건이다 보니 디테일을 더 챙기느라 추가된 부분 또한 많았다. 500원짜리에선 하나의 통짜 부품으로 되어 있었던 게 서너 가지 다른 색의 부품으로 조형되어 있기도 했다. 추억 보정이 들어가기도 했지만, 변신을 상정한 로봇의 복잡한 구조라는 재미도 좋았다. 가격이 100배 넘게 오른 만큼 서른 살이 즐기기에도 좋은 조립의 재미가 충분하게 추가되어 있었다. "과연 돈값을 하는 물건이다" 혼자 조립하면서 중얼거리고 감탄하고 별 유난을 다 떨었다.

그렇게 몇 시간 정도가 흘렸다. 파란색이었던 창은 주홍색을 거쳐 짙은 남색으로 변했다. 손끝은 부품을 힘주어 끼우느라 살짝 불그스름해졌다. 조립 과정에서 생긴 플라스틱 자투리들을 버리고 설명서와 조립을 끝낸 장난감 본품만 작업하던 자리에 남겼다. 남은 단계는 변신과 합체. 설명서를 봐 가면서 비행기와 세 대의 자동차를 이리저리 끼워 붙여 한 대의 로봇으로 만들었다.

로봇으로 완성시키고 나서 한참 쳐다봤다. 물론 다른 로봇도 다 만들면 감상의 시간을 갖긴 하는데, 이건 훨씬 오래 쳐다봤다. '이야... 이게 참... 내가 이걸 갖네... 와...' 하는 감상에 젖었다. 분명히 처음 만진 신상 장난감이지만, 어렸을 때 같은 모델의 장난감을 가지고 놀았던 기억이 생생해 기분이 남달랐다. 어렸을 땐 장난감이 생기면 마냥 좋아서 가지고 놀았던 것 같은데, 어른이 되어 장난감을 손에 넣은 느낌은 조금 달랐다. 두 숟갈 정도의 감격스러움이 추가로 얹혀 있었다. 나는 정말 이 장난감을 이런 방식으로 다시 가질 수 있게 되리라곤 기대도 안 했었거든. 그간의 시간을 보상받는 기분과 가지고 싶은 걸 내 힘으로 가질 수 있다는 데서 오는 뿌듯함이 섞였다. 보통 완성 직후엔 거의 바로 보관함에 넣곤 했는데, 이 로봇에겐 TV 옆자리를 내주고 한참을 보이는 자리에 뒀다. 이걸 가지고 있다는 사실이 믿기지 않아서 눈으로 계속 확인하고 싶었다.

먼지가 쌓이더라도 괜찮아

장난감을 다 만들고 나면 다이소에서 2천 원을 주고 산 3.9L 락앤락을 하나 연다. 반찬이라곤 한번 담아 본 적도 없는 이 친구의 맨바닥에 설명서를 놓고 그 위에 조립한 장난감을 넣는다. 내가 모으는 로봇의 크기가 대체로 한 뼘 정도라서 부피가 좀 있는 건 두 개, 아닌 건 세 개 이상도 들어간다. 분류 없이 때려 넣는 건 아니고 조종사가 같거나, 친구 내지는 동료거나, 라이벌이거나 하는 식으로 공유하는 콘셉트가 있는 비슷한 시리즈를 한 박스에 몰아넣는다.

박스 크기는 정해져 있고 장난감의 크기는 조금씩 다르다 보니 완성 상태로 넣으면 안 들어가는 경우가 왕왕 있다. 그럴 때는 상·하체를 쪼개거나 오체분시 후에 넣는다. 온전한 형태로 보관하는 방법도 있지만, 그러면 공간의 손실이 크다. 최대한 빈 공간을 줄이려면 해체를 피할 수가 없다. 큰 덩어리들을 위치시킨 뒤엔 자잘한 무기, 프로포션용 파츠, 교체 파츠 같은 것들을 함께 넣는다. 너무 작아서 분실

그깟 취미가

의 위험이 있는 부속들은 비닐 하나를 사용해 따로 싸서 락앤락 한쪽 구석에 둔다. 별것 아닌 일에 자꾸 비닐 써서 지구에게 미안하지만, 다른 방법이 없다. 정리가 다 되면 락앤락 뚜껑을 잘 닫고 책장에 꽂아 둔다.

박스에서 꺼내 기껏 만들어 놓고 다시 박스로 넣어 버리는 짓을 하는 데는 이유가 있다. 첫째, 아무리 한 뼘짜리 장난감이라고 하더라도 포즈 잡아서 진열하면 차지하는 공간이 생각보다 크다. 이런 게 열댓 개, 스무 개 있으면 책장 한 줄 정도는 통으로 그냥 잡아먹는다. 집값이 오르기만 잘하고 내려오는 방법은 아예 까먹은 건지 궁금한 시대다. 목적을 가지고 활용했던 생필품도 공간이 없으면 당근마켓에 내놓는 마당에 장난감한테 마냥 공간을 줄 순 없다. 프라모델이 아니더라도 전시할 수 있는 취미를 가지고 있는 사람이 취미를 지속할 때 생기는 이슈 중 하나가 공간 문제다. 공간의 한계 때문에 눈물을 삼키고 정리하는 사람도 쉽게 볼 수 있다.

나는 부피를 줄이고 안정적으로 공간을 차지하는 락앤락에 넣어 보관하는 편을 택했다. 집 책장의 세 칸 정도를 장난감에 할당했다. 이미 두 칸이 가득 찼다. 세 번째 칸은 이제 막 점령되어 가는 중이다. 심리적으로 허용한 장난감 보유의 선이 원래는 두 칸이었는데, 요새 '아 이건 지나치기 어려운데' 싶은 제품들이 나오고 있어서 세 칸까지 허용선을 넓혔다.

둘째, 따로 보관하면 햇빛을 차단할 수 있다. 주인공 로봇들은 주로 흰색이 많은데, 흰색 플라스틱은 황변 현상에 취약해 햇볕을 오래 받으면 누레져 버린다. 스티커도 상해 바스러질 수 있다. 수집한 물건 중 몇몇은 힘들게 구한 건데 햇빛에 마냥 바랜다 생각하면 맘이 아려서 안 된다. 락앤락에 넣고 직사광선 안 받는 자리에 두면 샀을 때와 비슷한 컨디션을 오래 유지할 수 있다.

셋째, 먼지 쌓이는 것도 막을 수 있다. 가만히 전시되는 로봇은 사면이 막혀 있는 아크릴 함 같은 곳에 넣지 않는 이상 먼지가 쌓일 수밖에 없다. 지금 우리 집엔 사람 두 명, 고양이 한 마리가 같이 사는데 어쩜 이리 먼지가 많이 만들어지는지 아직도 미스터리다. 밖에 꺼내 놓으면 로봇 어깨에 일주일이 멀다고 먼지가 쌓이니 그것도 두고 볼 수가 없다.

전부 합리적인 이유이긴 하지만 가끔은 그런 생각도 든다. 아 이걸 다 넣어 버려서 눈에 안 보이는 데 두면 나는 장난감을 산 것인가, 사지 않은 것인가. 아니면 샀으나 사지 않은 것과 같은 상태일까? 박스를 열어 보기 전까진 내 장난감이 있는지 없는지 알 수 없는 '슈뢰딩거의 장난감' 같은 걸까?

뭔가를 보호하기 위해 꽁꽁 싸매는 일에 대해 생각한다. 싸매고 쓰는 것 하면 아무래도 핸드폰이 제일 먼저 떠오른다. 물론 고가에다가 사용 빈도에 비해 박살 나는 확률이 비교적 높은 물건임을 고려해야겠지만, 핸드폰을 사용하는 2~3년 동안 만지는 건 95%가 강화유리와 케이스다. 심지어는 버튼도 케이스 너머로 누르니까 조금 더 될까? 핸드폰 살 때 색상 열심히 고민하면 뭐하나, 전면엔 화면뿐이고 후면은 케이스로 덮혀 있는 걸. 100만 원이 넘는 물건이 보여주는 소재와 디자인과 마감의 아름다움이 있는 건데 만 원에서 2만 원짜리 케이스와 강화유리가 내내 가리고 있다는 건 아무래도 좀 아쉬운 일이다.

한번은 쓸 만큼 썼다는 생각에 교체를 몇 달 앞두고 강화유리와 케이스를 전부 치워 버리고 쓴 적이 있다. 기본 액정은 내가 알던 것보다 훨씬 더 선명했고, 터치감도 더 좋았으며, 훨씬 가볍고 얇았다. 주머니에도 잘 들어갔다. 그 '쌩폰'의 감각이라는 게 생각보다 좋았다.

물론 몇 달이 지나고 나니 흠집도 생기고 테두리에 갈린 자국들도 생겼다. 그래도 생각보다 마음이 아프진 않았다. 교체를 앞두고 있었던 것도 이유겠지만, 아낌없이 오롯하게 물건을 잘 썼다는 느낌에 오히려 기분이 좋았다. 어떤 물건의 진면목을 본 느낌이랄까. 뭐든 아끼려다 보면 실제의 100%를 사용할 수 없다. 무언가를 한계까지 쓴다는 건 상함을 각오하는 일이다. 아까운 물건을 상하게 하고 싶지 않은 게 인지상정이다. 그러나 그러다 보면 '진짜'를 알 수 없게 되고, 그 '진짜'를 알 수 없는 상태가 지속되다가 애정이 사그라드는 경우도 생긴다. 과보호 때문에 호감이 사라지는 경우다.

오히려 막 사용하며 오랜 기간을 지내다 보면 없던 애정도 생기는 걸 경험한다. 내내 신발장에 넣어 두며 아껴 신었던 신발보다 1년의 절반은 신고 다니며 갖은 상황을 함께한 신발에 애착이 생긴달지, 회사엔 가져가기 아까워 집에 모셔 놓은 키보드보다 온갖 작업을 함께 해 주는 덜 비싼 키보드에 전우애 비슷한 걸 느끼는 일 같은 것들. 부품 다듬을 때만 사용하는 고급 니퍼보다 현역에서 은퇴한 뒤 생활 속에서 케이블 타이 등을 끊어 낼 때 애용하게 되는 헌 니퍼가 더 각별하게 느껴지는 경험. 아껴 가며 드문드문 만났던 물건보다 가까이 두며 자주 사용했던 물건에 더 애정이 가는 일은 꽤 자주 있다. 어떤 것들은 시간이 쌓이면서 애착이 엉긴다. 이 사실을 깨달은 뒤엔 뭘 사든 아끼지 않겠다고 스스로 되새기는 시간을 갖는다. 좋아하는 물건을 험난한 일상으로 내모는 게 쉽진 않지만, 그 물건을 더 좋아하기 위해 꼭 거쳐야만 하는 과정이기도 하다.

그래서 요샌 장난감들을 박스에서 꺼내 놓곤 한다. 다 꺼내서 늘어놓는 건 아니다. 내 장난감들은 대체로 두 번 다 시는 사기 어려운 것들이라 보관통에서 쉽게 뺄 생각은 없 다. 박살 나거나 크게 상하면 중고나라에서 웃돈 주고 새로 사야 하는데, 그 과정을 생각만 해도 머리가 지끈하다. 그 대신 돌아가면서 그늘진 박스에서 꺼내 바깥 공기를 만나 게 해 주고 있다. 작업 책상 한쪽 공간을 내어 잘 보이는 곳 에 하나씩 올려놓는 거다. 한 번씩은 툭툭 만져 보고, 팔다 리도 움직여 보고, 변신도 시켜 본다. 일하다가 지루해지면 장난감 한 번 쳐다보고 괜히 들어 본다. 1~2주 정도 잘 봤다 싶으면 락앤락에 들어 있는 다른 장난감으로 바꾼다.

이건 장난감이고, 본질적으론 가지고 놀려고 산 물건들 이니까 잘 가지고 놀아야겠다는 마음이다. 아끼는 건 아끼 는 거지만, 계속 묻어 두다가 혹시라도 애정을 잃는 일은 없 도록. 가지고 놀다 보면 자잘한 부품 하나씩 잃어버리거나 장난감의 컨디션이 조금은 상하는 일도 생길 수 있다. 그러 나 내어놓고 좋아함으로 생기는 문제들은 어느 정도 감당 하는 거라고 생각하고 있다. 잃는 게 무서워서 있는 듯 없는 듯 그저 가지고만 있진 말아야지. 장난감이 고장 나는 것보 다, 박스에 넣어만 놓다가 장난감에 대한 흥미가 식어 버리 는 게 더 싫은 일이다.

잘 가지고 놀아야겠다는 마음이다.
아끼는 건 아끼는 거지만, 계속 묻어 두다가 혹시라도
애정을 잃는 일은 없도록.
잃는 게 무서워서 있는 듯 없는 듯
그저 가지고만 있진 말아야지.

에필로그: 타인의 세계

대학생 시절엔 누가 취미를 물어보면 보통 글쓰기라고 대답했다. 딱히 다른 취미가 없었던 것도 있지만, 대학 시절 교지 편집을 하면서부터 글쓰기에 흥미를 가지게 된 게 계기가 됐다.

교지편집위원회는 학교 이름을 걸고 있는 잡지를 계절마다 한 권씩 만드는 곳이었고, 응당 대학생이면 가지고 있는 사회에 대한 문제의식을 글로 정제해서 내는 조직이었다. 논리적 흐름을 따지고 말을 만지는 작업을 일주일에 두 번씩, 세 번씩 했다. 마감 즈음엔 다 같이 학생회관에서 사온 김밥이나 샌드위치 하나 물고 막차 시간이 가깝도록 토론을 했다. 작업 마무리 시간엔 밤을 새우며 빨간 눈으로 교정지를 봤다. 고등학생 때까지만 해도 논술이 가장 싫었는데 몇 권 만들다 보니까 어느새 글쓰기는 취미가 됐다.

글쓰기는 따지고 보면 그림 그리기랑 비슷하다. 사용할 수 있는 글자의 총량은 마치 구비해 둔 물감 같다. 한 단어,

한 문장을 쓰는 건 붓질과 비슷하다. 사람마다 화풍이 다르듯, 문체도 다르다. 때로는 세밀하게, 굵직하게, 정직하게 생각을 혹은 상황을 묘사하면서 내용을 만들어 나가는 일이다. 단어 하나를 고쳐 보고 문장을 소리 내어 읽어 보면서 글쓰기에서 재미를 느꼈다.

글쓰기가 좋아지면서 기자가 되고 싶었다. 사회 문제를 드러낸다는 것도 좋았고, 그 도구가 글이라는 것도 좋았다. 다른 취준생들이 겪는 인고의 시간을 똑같이 보낸 뒤 한 IT 전문지의 기자가 됐다. 처음엔 의욕적으로 덤볐다. 연차가 낮지만, 사람들이 잘 모르는 매체지만, 잘 써서 나름의 역할을 해내고 싶었다. 이런저런 일을 하면서 기사를 정말 많이 썼다. 3~4천 자는 써야 하는 외고도 한두 달에 한 번씩은 썼다. 페이스북이나 브런치 같은 소셜네트워크 통로로 내 글을 접하는 독자를 위해 해설을 덧붙이는 취재 후기 같은 것도 일의 일환이라 생각하고 열심히 썼다.

정말 원 없이 글을 썼고, 이내 질려 버렸다. 인생에 텍스트가 이렇게 많아도 되나 생각했다. 아침에 일어나면 졸린 눈을 비비면서 회사에 갈 때까지 피들리*로 외신을 쭉 훑어보며 하루를 시작했다. 회사에 출근하면 메일함을 꽉 채운

---

* feedly, 여러 사이트를 한데 모아 볼 수 있게 해 주는 RSS(Rich Site Summary) 리더 서비스

수십 개의 보도자료를 확인한다. 행사 취재를 하러 가면 나눠 주는 사전 자료를 읽고, 나오는 말을 쉴 새 없이 타이핑했다. 인터뷰를 가기 전에도 필요한 정보를 리서치해서 가고, 인터뷰이의 말을 타이핑하고, 돌아와서는 못 들은 부분 녹취를 확인해 가며 또 타이핑했다. 해가 저물 즈음엔 그날 발행한 기사를 홍보하기 위해 페이스북에 또 글을 올렸다. 소화되지 못한 글자들을 손가락으로 토해 내곤 했다.

어떨 때는 키보드도 쳐다보기 싫었다. 나는 전자기기를 좋아하고, 개인 노트북에는 약간의 애착까지 느끼는 사람이라 문득 이런 시그널이 조금 위험하게 느껴졌다. 휴가 첫날에는 일 관련된 앱을 몽땅 지워 일종의 디톡스 상태로 살기도 했다.

글쓰기에 다시 재미를 붙인 건 장난감 리뷰 글을 쓰면서부터다. 장난감을 조립하고 가지고 노는 일은 순수한 즐거움이었다. 부품을 다듬으면서 생각을 비우고, 부위별로 완성되는 모습을 보면서 순간마다 감탄했다. 얼마나 디테일이 좋은지 만드는 맛도 좋고, 완성된 후엔 쳐다보기만 해도 신기했다. 너무 재미있어서 밤을 꼴딱 새우는 날도 있었다. 그렇게 밤을 새워 가며 장난감을 만들고 나니까 이 멋진 취미를 개인 블로그에 소개하고 싶은 욕심이 생겼다. 내가 만든 로봇 장난감이 새로 나온 따끈따끈한 물건도 아니

그깟 취미가

고 이미 넓은 웹의 바다엔 이 로봇을 소개하는 글과 영상이 널렸지만, 내가 직접 소개한 글을 남기고 싶다는 열망이 가득했다. 15cm 남짓한 로봇의 팔다리를 mm 단위로 조금씩 움직여 포즈를 바꿔 가며 몇 시간을 투자해 사진을 열심히 찍었다. 본업보다 훨씬 더 신경 써서 프라모델 리뷰 글을 작성했다.

장난감 리뷰 글을 쓰다 보니 오래간만에 쓰고 싶어서 쓰는 글의 감각이라는 걸 느낄 수 있었다. 일로 하는 게 아니라 날 것의 생각을 자유롭게 흘려보낼 수 있었다. 짤방도 넣고, 막말도 쓰고. 기사 틀에 맞추는 걸 그만두니까 글쓰기가 꼭 장난감을 가지고 노는 것 같았다. 장난감을 만들 때 한번 즐겁고, 사진을 찍으면서 나오는 결과물에 또 한 번 즐겁고, 리뷰 글을 쓰면서 다시 또 즐거웠다.

내용적으로는 겹치는 게 많이 없지만, 이 책은 브런치에 올렸던 장난감 리뷰 글에 뿌리를 두고 있다. 사실 이런 글 좋아하는 사람 많지 않다. 수요가 한참 부족한 공급이다. 내가 작성하는 여러 분류의 글 중에서도 특히나 인기가 없는 축에 속한다(수치로 증명된 사실이다). 대형 서점에서 이 소재를 키워드에 넣고 검색하면 나오는 책이 거의 없다. 기껏해야 프라모델 조립 팁을 정리한 책 정도가 검색에 걸릴 뿐이다.

"아니 이 사람아, 그러니까 이걸 먼저 브런치에 내 보고 반응을 본 다음에...."

"아니 님아, 그게 마이너한 주제로 책 쓴 사람은 다 유명한 사람이라니까."

예전에 같이 일했고 지금은 서로 다른 회사에 다니는 K1과 K2를 본격적으로 작업하기 몇 달 전에 만났다. 추운 겨울날 기승을 부리는 코로나를 뚫고 간만에 모인 저녁 자리, 기름을 뚝뚝 흘리며 숯불 위를 굴러가는 양꼬치 앞에서 야심 차게 '올해는 프라모델/합체 로봇을 소재로 삼은 에세이를 출간하고 싶다'는 목표를 밝혔다. 그러자 둘은 딱 저런 답을 돌려줬다. 아무래도 대중성이 떨어지는 것 같으니 우회로를 노려 보라는 얘기였다. '아 거참 평가 빡빡하네' 싶어 살짝 야속하게 느껴지기도 했지만 사실 틀린 말은 아니었다. 대중적으로 인기 있는 소재였다면 시장에 로봇 장난감 관련 책이 아동 칸을 넘어서 다른 칸들을 점령하고 있었을 테다. 그래서 막대한 시간을 쏟아 이 글을 쓰는 일은 조금 대책 없는 일이기도 했다.

그럼에도 이렇게 수요 부족한 글들을 굳이 만들어 낸 이유는 일차적으로 나를 위해서였다. 내가 정말 좋아하고 감사하게 생각하는 이 취미, 지금의 나를 형성하는 데 부품 몇

그깟 취미가

개 정도는 너끈히 기여한 취미에 관해 쓰면서 나의 조각들을 돌아보고 새롭게 보는 과정을 한번 정도는 거쳐 보고 싶었다. 창작자가 스스로 기반이 되는 이야기를 풀어놓는 건 꽤 중요한 일이다. 자기 안에서 시작한 이야기가 가장 힘이 있으니까.

그렇다고 독자들에게 일기를 읽어 달란 얘긴 아니었다. 공감대를 찾는 노력을 거쳐 시장에 통용되는 수준의 결과물로 정제하는 과정을 통과하고 싶었다. 일을 시작하고 수년간 독자, 시청자, 사용자에게 콘텐츠를 전달하는 일을 했다. 이 과정에서 많은 글을 쓰고 영상을 만들어 봤다. 그러면서 깨달은 게 있다면 '내가 좋았으면 됐다'로는 그 결과물에 절대로 만족할 수 없단 거다. 대중의 관심을 어느 정도는 유효하게 얻어야 만든 보람을 느낄 수 있다.

내가 좋아하는 이야기가 다른 사람의 눈과 귀에도 흥미로워야 한다. 나 혼자 낄낄거리는 데 그치는 이야기가 아니었으면 좋겠다. 자기만의 무엇에 천착하는 사람일수록 대중성과 예술성에서 균형점 찾는 일을 어려워하는데, 스스로도 약간 그런 경향이 있다. 이렇게 말하니까 내가 무슨 예술가나 장인이라도 되는 것 같다. 아니다, 그냥 고집이 셀 뿐이다. 여하튼 그렇게 고집을 부린 결과가 이 책이다. 바라는 게 있다면 이 주제에 대해 잘 모르는 사람들도 '오 이런 게 다 있네?' 같은 느낌으로 읽었으면 좋겠다. 나는 항상 내가 잘 모르는 타인의 세계를 엿볼 수 있게 하는 글을 재미있게 읽었다. 이 책이 그랬기를 간절하게 바란다.

그깟 취미가

그깟 취미가 절실해서

초판 1쇄 인쇄 2022년 10월 14일
초판 1쇄 발행 2022년 10월 24일

글 채반석
펴낸이 홍지애
펴낸곳 꿈꾸는인생
주소 서울 마포구 월드컵북로 400 2층
전화 070-4046-2371
팩스 02-6008-4874
이메일 lifewithdream@naver.com

© 꿈꾸는인생, 2022

979-11-91018-22-6(03810)